Die Autorin dankt dem Bundeskanzleramt Österreich für seine Unterstützung während der Arbeit an diesem Buch.

MIX
Papier aus verantwortungsvollen Quellen
FSC® C012536
FSC
www.fsc.org

Gedruckt nach der Richtlinie des Österreichischen Umweltzeichens „Druckerzeugnisse“, Christian Theiss GmbH, Nr. 869

Druck und Verarbeitung:
Christian Theiss GmbH, St. Stefan im Lavanttal
ISBN 978-3-7117-4012-0

Informationen über das aktuelle Programm
des Picus Verlags und Veranstaltungen unter
www.picus.at

Barbara Schinko

ZIMTEIS mit Honig

Mit Illustrationen von Ulrike Möltgen

Picus Verlag Wien

1

Wann ich Mila das erste Mal gesehen habe, weiß ich nicht mehr. Sie war irgendwann einfach da. Ich weiß nur, wie wir das erste Mal miteinander geredet haben. Das war an einem Montag im Oktober.

Aber ich fange am besten damit an, wer ich bin.

Ich bin der Moritz, auch Motz genannt. Meine Eltern haben die Eiswelt im Einkaufszentrum gepachtet. Klingt super, oder? Eis-Welt. Ich stelle mir darunter Zitronen- und Vanilleeisfelder vor, eine Pistazieneiswiese und Schokoladeneisbäume mit Bananeneisblättern. Die Eiswelt im Einkaufszentrum kennt jeder, sie liegt zwischen dem Pizzastand und der Trafik an dem riesigen überdachten Platz, dem mit der Glaskuppel.

Auf dem Schild steht groß »Eiswelt«, das »i« ist eine Eistüte. Darunter klein »Müller und Müller«. Ich finde, es sollte »Müller, Müller und Müller« heißen, weil ich ja auch dort arbeite. Papa sagt aber, das geht nicht.

Das erste »Müller« auf dem Schild ist meine Mutter. Sie arbeitet jeden Tag in der Eiswelt, Papa nur samstags. Ich bin öfter dort als er, also male ich mir aus, das zweite »Müller« wäre ich. Papa hat nichts dagegen. »Wenn's keinem schadet«, sagt er. Das sagt er oft.

Die Eiswelt sieht so aus: Vorne ist eine Vitrine mit vierzehn Sorten, damit sich die Leute ein Eis kaufen können, auch wenn sie nur am Café vorbeigehen und gar nicht reinkommen. Dahinter sind die Kästen mit dem Geschirr und die Kaffeemaschine und die Kakaodose für die heiße Schokolade. Und die Budel, an der die Cafégäste bestellen. Dann noch Tische und Stühle und Sitzbänke an den Wänden.

An diesem Montag stand Mama vorne bei der Eisvitrine. Ich saß auf der Budel und schaute ihr beim Verkaufen zu. Eine alte Frau spendierte ihren beiden Enkerln Eis, je zwei Kugeln. Eine Kugel kostet bei uns einen Euro. Vier Kugeln vier Euro, man sollte meinen, das wäre keine so schwierige Rechenaufgabe. Die Frau hatte aber jede Menge Kleingeld in ihrer Börse, Zwanzig-, Zehn-, sogar Fünf- und Ein-Cent-Münzen. Sie kramte ewig herum. Ich hörte ein *Pling,* wie wenn ein Geldstück gegen das Plexiglas der Vitrine knallt. Ich dachte mir nichts dabei.

Hinter der Frau stand ein Mädchen mit schwarzen Haaren. Sie trug ein rotes Kleid und eine kurze schwarze Jacke. Und Turnschuhe zum Kleid. Und eine Strumpfhose mit Löchern. Strumpfhosen mit Löchern waren gerade modern, fast alle Mädchen in meiner Klasse hatten welche.

Ich hatte das Mädchen schon einmal gesehen, da war ich mir sicher. Die Eiswelt liegt ja auch gleich gegenüber dem

Ausgang vom Kinderland. Jeden Tag kommen Hunderte Kinder vorbei. Sich die alle zu merken, ist unmöglich, aber ein paar merkt man sich doch.

Das Mädchen glotzte die Vitrine an. Sie schaute nicht einfach, sondern glotzte so konzentriert, als wollte sie mit ihrem Blick ein Loch ins Plexiglas bohren und das Eis aus den Eisschalen saugen. Oder die Vitrine zum Explodieren bringen, ich stellte mir das vor wie in einem Film. Die Eisschalen würden in Zeitlupe davonschweben und sich drehen, das Eis würde aus ihnen fallen und das Mädchen würde alles mit der Zunge auffangen.

So was zu können, wäre ziemlich cool. Ich sprang von der Budel. Vielleicht zeigte mir das Mädchen ja, wie man mit den Augen Löcher in Vitrinen bohrte.

Kaum war ich aus dem Café, vergaß ich erst einmal meinen Plan. Auf dem Boden lag nämlich ein Euro. Ich drehte mich um, aber die alte Frau und ihre Enkerl waren weg, futsch, verschwunden. Sie konnten überall sein. In einem der hundert Geschäfte. Oder auf dem Parkplatz. Oder in der Straßenbahn.

Na gut, dachte ich mir, dann ist der Euro eben Trinkgeld. Ich bückte mich danach.

Schwuppdiwupp verschwand er in einer Hand. Sie gehörte dem Mädchen.

»Das ist meiner!« Sie krampfte ihre kleine dünne Faust so fest um den Euro, dass klar war, nichts und niemand auf der Welt könnte ihn ihr wegnehmen. Ich versuchte es natürlich erst gar nicht, ich prügle mich doch nicht um

Geld, noch dazu mit einem Mädchen. Und obwohl ich das *Pling* gehört hatte, war ich mir plötzlich nicht mehr hundertprozentig sicher, dass den Euro wirklich die alte Frau verloren hatte. Womöglich hatte sie was anderes verloren, zum Beispiel einen Knopf, der jetzt unter der Vitrine lag. Ziemlich viele Leute haben Knöpfe in ihren Geldtaschen, und ziemlich viele von den Knöpfen verschwinden unter unserer Vitrine.

»Glück gehabt«, sagte ich zu dem Mädchen.

Sie funkelte mich an. »Wieso Glück? Du hättest mir fast mein Geld geklaut.«

»Ich wollte es doch nicht klauen! Und Glück deshalb«, sagte ich, »weil du dir ein Eis kaufen kannst. Darf ich dir eine Sorte empfehlen?« Darin bin ich gut, ich liege fast nie falsch. Meine Eltern nennen es eine Gabe.

»Nein«, sagte Mila. »Ich brauche keine Hilfe.« Sie richtete sich auf, trat zur Vitrine vor und presste die Nase ans Plexiglas. Gespannt wartete ich ab, was sie aussuchen würde. Sicher nicht Erdbeereis, Erdbeereiskinder trugen keine Turnschuhe zum Kleid. Auch nicht Schoko oder Vanille. Für das himmelblaue Wolkeneis war sie wahrscheinlich zu alt, und die hinteren Sorten in der Vitrine schmeckten eher den Erwachsenen. Vielleicht also Stracciatella? Sie hatte Sommersprossen im blassen Gesicht, das passte.

Ich hätte ihr das Stracciatella empfohlen, aber Mila deutete auf die Eisschale mit dem Malaga und sagte zu meiner Mutter: »Das da, bitte.«

»Das Malaga?«

Mila nickte.

»Tut mir leid«, sagte Mama, »da ist Rum drin, das kann ich dir nicht geben. Möchtest du dir eine andere Sorte aussuchen?«

Mila schaute sich ewig lange die Vitrine an. Die meisten Leute hätten jetzt gesagt: »Wenn du dich nicht entscheiden kannst, komm später wieder.« Aber nicht meine Mutter. Sie mag Kinder. Mag sie wirklich, meine ich, sie tut nicht nur so, weil sie Eisverkäuferin ist. Und es stand ja auch niemand hinter Mila, der gewartet hätte.

Mila deutete auf das Eis neben dem Malaga. Joghurt-Kirsche. Mama strich ihr mit dem Portionierer eine große Kugel in eine Waffeltüte, Mila zahlte, nahm ihr Eis und ging. Das war's erst mal.

Eine Frau kam vorbei. »Darf ich Ihnen ein Eis empfehlen?«, fragte ich. Die Frau blieb stehen, sie trug eine pistaziengrüne Strickhaube, auch der Schal um ihren Hals war grün. »Ich empfehle Ihnen Pistazie und Karamell.« Karamell ist bei den Erwachsenen unsere beliebteste Sorte, damit macht man keinen Fehler. Die Frau kaufte sich wirklich eine Tüte Pistazie und Karamell.

Als Nächstes kam eine Familie mit fünf Kindern. »Empfiehlst du uns auch ein Eis?«, fragte mich die Mutter.

Ich schaute mir die Kinder an. Alle trugen Latzhosen, blaue, gelbe, grüne, und alle waren zu klein für die Schule. »Wir haben blaues Wolkeneis«, seufzte ich. Kindern unter sechs empfehle ich grundsätzlich nichts, weil denen ganz egal ist, was ich sage. Alle wollen nur das blaue Wolkeneis.

»Wolkeneis! Jaaa!« – »Kriege ich eins?« – »Ich auch!« – »Wolkeneis ist meine Lieblingssorte!«

Es gibt Sorten, die gut sind und die vielen Leuten schmecken. Zum Beispiel Erdbeer, Vanille und Schokolade. Dann gibt es Sorten, die eigentlich nicht so gut sind, aber trotzdem weggehen wie warme Semmeln. Das blaue Wolkeneis zum Beispiel, das schmeckt nach Kaugummi. Wer bitte braucht Eis, das nach Kaugummi schmeckt? Kaugummi soll nach Kaugummi schmecken, Eis nach Eis. Aber die Kindergartenbabys und auch, das muss ich zugeben, ein paar meiner Schulfreunde fliegen total auf das blaue Wolkeneis.

Und dann gibt es die Seltsamsorten. Die sind gut, trotzdem mag sie niemand. Zimteis mit Honig ist so eine. Wenn wir das als Eis des Tages anbieten, bleibt immer ein großer Rest übrig. Den isst Mama dann daheim vor dem Fernseher.

Die Mutter fing an, mit ihren Kindern zu diskutieren, wer wie viele Kugeln Wolkeneis haben durfte. Das Mädchen im roten Kleid hatte ihr Eis schon gegessen und schaute zu. Weil mir fad wurde, ging ich zu ihr rüber. Ich musste einen Bogen um die Latzhosenkinder machen und sie war weg. Einfach verschwunden.

Ich drehte mich in alle Richtungen. Jede Menge Leute marschierten nach links und rechts, vorwärts und rückwärts, hin und her. Endlich entdeckte ich das rote Kleid beim Burger-Lokal und lief los.

Als ich hinkam, war das Kleid beim Kebap-Stand. Dann beim chinesischen Imbiss. Beim Spielzeuggeschäft am Ende des Glaskuppelplatzes holte ich es ein. Das Mädchen saß auf dem Boden vor einer Auslage voller Puppen und Babyspielzeug.

»Hat dir das Eis geschmeckt?«

Sie sprang auf, zuerst dachte ich, sie würde abhauen oder mich boxen, aber dann erkannte sie mich wahrscheinlich.

»Unser Eis ist das beste.« Ich mache gern Werbung und es stimmt ja auch, selbst gemachtes Eis schmeckt immer besser als im Großhandel gekauftes. Ich mag zum Beispiel kein Zitroneneis, aber ich mag das Zitroneneis meiner Mutter. »Warum bist du vor mir weggerannt?«

»Ich bin nicht vor dir weggerannt«, sagte Mila, »sondern weil mich die Eisverkäuferin so komisch angeschaut hat.«

»Wie komisch?«

»Neugierig komisch«, sagte Mila. »Sie wollte rausfinden, ob ich allein da bin.«

»Und bist du allein da?« Man sieht nicht oft Kinder vor dem Spielzeuggeschäft sitzen. Bei den Läden einen Stock tiefer, denen mit Handtaschen um fünfhundert Euro in der Auslage, verstehe ich ja, dass man als Kind lieber draußen bleibt. Handtaschen sind öde. Spielzeug aber nicht.

»Du doch auch«, sagte Mila.

Ich schüttelte den Kopf. »Meine Eltern arbeiten hier.«

»Meine arbeiten auch hier.«

Das interessierte mich natürlich. »Echt, welches Geschäft haben sie?«

»Nur meine Mutter arbeitet hier«, verbesserte sich Mila. »Und sie hat kein Geschäft, sie ist Putzfrau.«

»Wo?«

»Na, überall. Wenn jemand etwas fallen lässt und es zerbricht, oder wenn jemand etwas auf dem Boden verschüttet, dann rufen sie meine Mutter an und sie kommt und wischt es auf.«

Der Boden im Einkaufszentrum war immer blitzsauber. Ich hatte mir noch nie überlegt, wie das genau funktionierte. Meine Mutter wischte Eispfützen vor der Vitrine selber auf, es konnte aber gut sein, dass das nicht alle Verkäufer taten. Die Läden im Untergeschoß hatten wahrscheinlich gar keine Putzfetzen oder nur solche mit Diamanten.

»Und wenn sie für die Scherben einen Staubsauger braucht? Hat sie den mit?«

Mila nickte. »Sie hat so einen kleinen ohne Kabel.« Als sie das sagte, stellte ich mir ihre Mutter als eine Art Superheldin vor, die mit dem Akkustaubsauger in der Hand durch die Gänge flitzte. Vielleicht arbeitete sie auch nicht für die Firma, der das Einkaufszentrum gehörte, sondern für eine streng geheime Superhelden-Putzfrauen-Organisation. Ich schaute mich gleich um, ob irgendwo eine Putzfrau mit einer Maske und einem Umhang herumschlich.

Mila sagte: »Sie kommt nach der Arbeit. Ich warte hier so lange.«

»Hast du Hausübungen? Du kannst sie bei uns machen«, bot ich ihr an. »Meine Mutter hat bestimmt nichts dagegen.« Montags war in der Eiswelt sowieso wenig los, doch Mila schüttelte den Kopf.

Mein Magen knurrte und mir fiel ein, dass ich heute nach der Schule nichts außer Eis gegessen hatte. »Ich hole meine Jause, dauert keine fünf Minuten. Bist du dann noch da?« Mila zuckte mit den Schultern.

Ich rannte zur Eiswelt und schnappte mir das Sackerl, das Mama für mich ins Einkaufszentrum gebracht hatte. Damit setzte ich mich zu Mila. In dem Sackerl waren Äpfel. Und Vollkornbrote mit Frischkäse und Radieschen, weil meine Eltern finden, dass man nicht den ganzen Tag Eis essen kann. Erwachsene sagen ziemlich oft: »Man *kann* nicht«, wenn sie meinen, dass man etwas nicht *darf*.

Mila hatte eine Umhängetasche, eine grüne mit einem Affengesicht darauf, und ich dachte mir, sie würde sie aufmachen und auch was essen, weil gemeinsam jausnen lustiger ist. Aber Mila schaute bloß meine Äpfel und die Frischkäsebrote an.

»Hast du keine Jause mitbekommen?«

»Doch.« Sie zögerte. »Ich habe sie hergeschenkt«, flüsterte sie dann, als würde sie mir ein großes Geheimnis verraten. »Da war ein armer alter Mann. Er sagte, er hat seit drei Tagen nichts gegessen.«

Das fand ich wirklich nett von ihr. »Was hattest du mit?«

»Äpfel und Müsliriegel. Und Brote wie deine, aber nicht mit Radieschen, sondern mit Paprika.«

Ich gab Mila einen Apfel und ein Frischkäsebrot. Und einen der beiden Müsliriegel, die ganz unten in dem Sackerl waren. Mila aß ihren Apfel mit Kernen, Butz und allem, auch das Brot und den Müsliriegel verschlang sie im Nu. Sie sah aus, als hätte sie noch immer Hunger.

»Hast du denn sonst nichts mit?«

Mila schaute mich argwöhnisch an. Dann zog sie etwas aus der Tasche. Einen Putzfetzen, glaubte ich zuerst und wunderte mich, warum sie den mit sich herumschleppte. Gehörte er ihrer Mutter?

Es war aber kein Putzfetzen, sondern ein Schlenkerelefant aus Plüsch mit langen Füßen, einem langen Rüssel und einem sehr kleinen Körper. Er war platt gedrückt und voller Flecken und sah älter aus als Mila.

Sie kraulte seine Ohren. In der Auslage hinter uns standen Plüschtiere, auch Elefanten, und mir kam plötzlich der Gedanke, dass Mila hier saß, weil sie nachher ihrer Mutter zeigen wollte, was sie sich zu Weihnachten wünschte.

Als kleines Kind hatte ich davon geträumt, in einem Spielzeuggeschäft zu wohnen. Ich stellte mir das wunderschön vor. Ich könnte jeden Tag mit neuen Sachen spielen und bräuchte nicht auf Weihnachten oder meinen Geburtstag zu warten, um was richtig Tolles zu bekommen. Ich müsste auch nichts wegräumen, das täten ja die Verkäufer für mich.

Wenn man älter wird, kapiert man natürlich, dass das Blödsinn ist und so nicht geht. Viele Sachen darf man im Geschäft ja nicht einmal auspacken. Wenn doch, wäre es auch nicht so toll, mit etwas zu spielen, das einem nicht gehört und bei dem man dauernd Angst haben muss, dass man es zerkratzt oder verbiegt oder irgendwo ein Plastikteil abbricht. Dann müsste man es nämlich kaufen.

»Magst du reingehen? Ich zeige dir, was ich mir zu Weihnachten wünsche.« Ich wusste, in welchem Regal die besten Techniksachen standen.

Mila schüttelte den Kopf. Sie presste den Schlenkerelefanten an sich und ich kapierte, dass ihre Mutter wahrscheinlich nicht viel Geld hatte. Vielleicht konnte sie sich keinen neuen Elefanten leisten, auch nicht zu Weihnachten. Mir tat es leid, dass ich gefragt hatte. »Oder wir bleiben da und spielen was.«

»Und was?«

»Egal, schlag du vor.«

Mila überlegte. »Spielen wir Verrücktsein.«

Das kannte ich nicht. »Wie geht das?«

»Man redet irgendwelchen Blödsinn.«

»Und dann?«

»Redet der andere Blödsinn. Immer abwechselnd.«

Verrücktsein klang nicht schwer, trotzdem bat ich Mila: »Fang du an.«

»Gurkensalat.«

Ich dachte an unsere Vitrine. »Himmelblaues Wolkeneis.«

»Hundesalon.«

»Schlenkerelefant.«

Die Worte flogen hin und her. »Damenklokabine.« – »Männerklowaschbeckenhändetrockner.« – »Hamburger mit Schokolade. Und Gurkensalat.«

»Superhelden-Putzfrauen-Organisation.« Das war das Verrückteste, was mir einfiel, aber Mila lachte nicht, sondern schaute plötzlich an mir vorbei.

»Kommt deine Mutter?« Ich drehte mich neugierig um. »Wann holt sie dich ab?«

Mila schwieg, und ich dachte, sie würde so etwas sagen wie »nie« oder »in tausend Jahren« oder sonst eben irgendwas Verrücktes.

Sie fauchte mich an: »Wenn du nicht mehr spielen willst, gehe ich!«, sprang auf und lief davon. Verdutzt sah ich ihr nach, bis sie mit ihrer Tasche und dem Schlenkerelefanten zwischen den Leuten verschwand.

So lernte ich Mila also kennen.

2

Mila fragte mich: »Hast du schon mal einen Engel gesehen?«

»Du meinst so einen Kitschengel von der Weihnachtsdeko?« Es war Freitag, ein paar Tage später, und wir standen in der Glaskuppel des Einkaufszentrums. Für Weihnachtsengel war es Mitte Oktober noch zu früh. Zuerst kamen die Kürbisse und Gespenster für Halloween, dann die Nikoläuse.

»Einen echten, ich meine einen echten Engel.«

»Echte Engel sind unsichtbar. Oder?« Ich sagte *Oder?*, weil ich zwar glaubte, dass echte Engel unsichtbar sind, mir aber nicht ganz sicher war. Was Engel angeht, ist sich niemand ganz sicher, darum heißt es ja *glauben* und nicht *wissen*.

Mila zuckte mit den Schultern. Sie schaute runter auf ihre ausgelatschten Turnschuhe. Turnschuhe im Oktober. Die Glaskuppel war nass, draußen wehte der Wind, man hörte die Scheiben leise rattern. Bei dem Wetter ließ mich Mama nur in Stiefeln aus dem Haus, dabei regnete es im Einkaufszentrum ja nicht.

»Wie soll ich dann einen gesehen haben?«

Noch ein Schulterzucken. »Ich sehe oft Sachen, die unsichtbar sind.«

Das war wieder typisch Mila. Ich hatte schon kapiert, dass sie anders war. Anders als ich, als normale Kinder in unserem Alter.

Aber eigentlich wollte ich ja erzählen, warum wir in der Glaskuppel standen. Und wie wir dort hingekommen waren.

»Willst du ein Geheimnis wissen?« Das fragte mich Mila, während wir wieder einmal gemeinsam jausneten. Und damit fing es an.

Ich sagte Ja. Was hätte ich sonst sagen sollen? *Nein, danke, ich stehe nicht so auf Geheimnisse?* Niemand würde das sagen.

Mila zerknüllte die Folie ihres Müsliriegels. »Gut, ich verrate dir mein Geheimnis, wenn du mir eines von dir verrätst.«

Das stellte mich vor ein Problem, weil ich Milas Geheimnis zwar wissen wollte, selbst aber keine Geheimnisse hatte. Ich bin ein offenes Buch, sagt Papa.

Zum Glück fiel mir dann doch etwas ein.

Ich kenne das Einkaufszentrum wie meine Westentasche. In so einem Einkaufszentrum gibt es nicht viele geheime Plätze, weil ständig hunderttausend Leute nach links und rechts und vorwärts und rückwärts und über die Rolltreppen rennen. Ein paar gibt es aber doch. Wenn man sich eben auskennt.

Das Einkaufszentrum sieht nämlich so aus: im Untergeschoß die langweiligen Luxusläden. Darunter die Tiefgarage, darüber wir. Die Eiswelt, der Pizzastand, die Trafik, der ganze Glaskuppelplatz. Man könnte auch rauf in den obersten Stock fahren, darf aber nicht. Jedenfalls nicht als Besucher.

Die Tür zum Lift ist in einem Gang bei den Klos. »Zutritt nur für Personal«, steht auf dem Schild. Wenn man in den obersten Stock will, muss man einen geheimen Code eintippen.

»Dreimal sechs ist vierundvierzig«, sagte ich zu Mila und tippte ein: 3-6-4-4.

»Ist dreimal sechs wirklich vierundvierzig?«

Ich schüttelte den Kopf. »Nur für den Code, so merkt man sich die Zahlen. Mein Vater hat mir das beigebracht. Der Code für sein Fahrradschloss geht so: drei Männer, die alle einen Meter sechzehn groß sind. 3-1-16.«

Im obersten Stock stiegen wir aus. Vor uns lag ein Gang mit Teppichen. Rechts Türen zu den Büros der Firma, der das Einkaufszentrum gehört. Links eine Glaswand, man sieht durch sie den Platz unter der Kuppel. Ich zeigte Mila das Schild der Eiswelt und das himmelblaue Wolkeneis in der Vitrine, aber Mila schaute sich lieber die letzte Tür im Gang an. Der Schlüssel steckte.

»Was ist dahinter?«

»Weiß ich nicht.«

Sie lief hin. Ich schnappte mir gerade noch ihren Ärmel, als sie die Türklinke packte. »Nein!«

»Doch.« Mila schlüpfte aus meinem Griff, drückte die Klinke herunter und verschwand in einem finsteren Raum. Die Tür fiel hinter ihr zu.

Am liebsten wäre ich abgehaut. Aber ich konnte Mila nicht allein lassen, nicht hier. Wenn uns jemand erwischte, müssten wir eben sagen, wir wollten aufs Klo und hätten uns verirrt. Obwohl das niemand glauben würde, der mich kannte.

Ich öffnete die Tür und folgte Mila. Knochige Finger grapschten nach mir! Erschrocken sprang ich zur Seite und schlug mir an einer Wand den Ellbogen an. Alles war eng und stockdunkel.

Mila kicherte. »Was hast du denn gedacht, wer ich bin?«

»Ein Skelett«, flüsterte ich und rieb mir den Arm.

»Komm«, raunte sie zurück. »Da ist eine Stiege.«

»Wo?«

Sie führte mich hin. »Vorsicht, Stufe«, murmelte sie. »Noch eine. Und noch eine.« Insgesamt waren es zehn.

Plötzlich schimmerte rund um uns Glas! Oben, unten, links und rechts wurde es hell. Aus Milas Mund kam ein verblüffter, kleiner Laut.

Wir standen auf einer Gitterplattform in der Kuppel. Neben uns grauer Himmel und das nasse Dach des Einkaufszentrums, man sah auch den Parkplatz. Wenn dort gerade jemand nach oben geschaut hätte, hätte er uns bemerkt. Und sich wahrscheinlich gefragt, ob wir echte Kinder waren oder nur Schaufensterpuppen.

Die Eiswelt und alles andere lagen unter uns. Die Besucher wuselten wie Ameisen, bunte Ameisen mit Einkaufstaschen in den Händen. Sie waren winzige Erwachsene, und Mila und ich waren riesige Kinder. Ich fühlte mich wie in einer verrückten, verkehrten Welt.

Das Gitter klapperte, als Mila einen Schritt nach vorne machte. Sie beugte sich weit über das Geländer der Platt-

form, und das war genau der Moment, in dem sie mich fragte: »Hast du schon mal einen Engel gesehen?«

Auf Zehenspitzen mit ihrem roten Kleid und den ausgebreiteten Armen erinnerte sie mich selbst ein bisschen an einen Engel. »Wann hast du einen gesehen?«

Sie wandte sich um. »Ich habe nie behauptet, dass ich einen gesehen habe.«

»Doch, gerade jetzt.«

»Nein. Nur dass ich oft Sachen sehe, die unsichtbar sind.«

»Wie zum Beispiel Engel.« Aber es musste natürlich kein Engel gewesen sein, vielleicht hatte sie ja ein Einhorn gesehen. Obwohl Einhörner, glaube ich, nicht unsichtbar sind. Die gibt es bloß nicht.

Plötzlich fiel mir wieder ein, warum wir hier waren. »Du wolltest mir dein Geheimnis verraten.«

Mila schaute mich an, als hätte sie gehofft, ich hätte das mit dem Geheimnis schon vergessen.

»Das war doch nicht gelogen, oder?«

Sie schüttelte den Kopf. Dann zog sie etwas aus ihrer Tasche und hielt es mir hin. Einen Lippenstift. Die Hülle war schwarz mit einem roten Strich, genau dem Rot von Erdbeersauce, wie Milas Kleid.

»Dein Geheimnis ist ein Lippenstift?«

Wieder Kopfschütteln. »Das Geheimnis ist, woher ich ihn habe.«

»Woher denn?«, fragte ich, obwohl mich das nicht so wahnsinnig interessierte. Milas Blick flatterte wie ein Vogel an mir vorbei. Zum Rand der Plattform, übers Geländer, zu den Ameisen mit den Einkaufstaschen unten auf dem Platz.

»Meine Mutter hat ihn mir gegeben.« Irgendwie hatte ich das Gefühl, sie wollte etwas anderes sagen, traute sich aber nicht. Meine Mutter hätte mir jedenfalls keinen Lippenstift gegeben. Also mir sowieso nicht, aber auch nicht einem Mädchen. Sie benutzt nicht mal selber welchen, höchstens am Hochzeitstag, wenn sie und Papa schick essen gehen. Aber Mütter sind so verschieden wie Eissorten. Milas Mutter, die Superhelden-Putzfrau, war eine Seltsamsorte Eis.

Dachte ich.

Wenn ich gewusst hätte, dass Milas Geheimnis so etwas Lahmes war, hätte ich ihr auch irgendwas Lahmes gezeigt. Zum Beispiel das Deckchen, das ich für Mama als Weihnachtsgeschenk häkeln musste. Oder ich hätte gesagt: »Nein, danke, dein Geheimnis interessiert mich nicht.« Aber dann wäre ich nicht hier oben gewesen, in der Kuppel über all den Leuten.

Ich lehnte mich neben Mila über das Geländer. Mila schenkte mir ein winzig kleines Lächeln. Sie neben mir, klein und dünn in ihrem roten Kleid und der schwarzen Jacke, fühlte sich richtig an. Wir beidc in der Kuppel, hoch über allem.

»Du darfst keinem was verraten«, raunte sie. Ich hätte sowieso niemandem etwas von diesem Ausflug gesagt, weil meine Eltern schimpfen würden. Jedenfalls Mama. Papa würde wahrscheinlich sagen: »Wenn's keinem schadet.«

»Kein Wort«, versprach ich Mila. »Das ist unser geheimer Platz.«

Auf dem Weg zurück zur Eiswelt blieb ich stehen und schaute in die Kuppel. Sofort knallte jemand gegen mich. »Pass doch auf!«, schimpfte ein Mann. Ein anderer blieb auch stehen und legte den Kopf in den Nacken. Vielleicht dachte er, ich würde überlegen, wie man da raufkommen könnte.

Eine alte Frau tätschelte meinen Arm. »Oben ist niemand, Bub«, flüsterte sie und zwinkerte mir zu.

»Nicht einmal Engel?« Das rutschte mir so heraus.

Sie lächelte. »Engel, mein Bub, sind überall. Du kannst sie hier unten genauso gut sehen.«

Ich dachte darüber nach und bis zur Eiswelt hatte ich es, glaube ich, kapiert. Unsere Religionslehrerin hatte mal so etwas Ähnliches gesagt. Dass Engel unter uns wandeln. Keine echten mit Flügeln, mehr Alltagsengel. Leute, die nett zu einem sind. Die einem bei Notfällen ihr Telefon borgen, die für Obdachlose spenden und die einen in der Schlange am Klo vorlassen, wenn man dringend muss. Okay, das Beispiel mit dem Klo war von einem aus meiner Klasse, aber es passte dazu. Wir hatten im Unterricht auch eine Geschichte gehört, da lief ein Kind ohne zu schauen über die Straße, und ein Mann auf dem Gehsteig hielt es im letzten Moment fest, bevor es in ein Auto gekracht wäre. »Engel passen auf uns auf«, sagte unsere Religionslehrerin. »Sie beschützen uns. Sie sorgen dafür, dass es uns besser geht.«

Sie wollte, dass wir aufschreiben, wer auf uns aufpasst, uns beschützt und dafür sorgt, dass es uns besser geht. Auf meiner Liste stand ganz oben Gott. Dann Mama und Papa, weil Papa in der Wohnung Rauchmelder montiert hat und weil mir Mama Tee mit Honig macht, wenn mir der Hals wehtut. Ich glaube aber nicht, dass ich die Aufgabe ganz richtig verstanden hatte, Gott ist ja kein Engel und meine Eltern schon gar nicht.

Jetzt kam mir der Gedanke, dass vielleicht ein Engel die Tür zur Kuppel für uns aufgesperrt hatte.

Ich half Mama beim Verkaufen und empfahl den Leuten, die vorbeikamen, Eis. Immer wenn gerade nichts los war, schaute ich rauf zur Kuppel. »Wen siehst du da?«,

fragte Mama, und ich antwortete: »Niemanden«, was ja auch stimmte. Trotzdem hätte ich ihr gern von dem Ausflug erzählt. Ich hatte aber versprochen, es nicht zu tun, und ich wollte auch nicht, dass sie schimpfte. Es gab keinen Grund zu schimpfen. Wenn jemand Mila und mich erwischt hätte, dann vielleicht, aber niemand hatte uns erwischt.

Ich hatte ein Geheimnis. Kein lahmes Häkeldeckchen-Geheimnis, sondern ein echtes, noch dazu mit Mila zusammen. Das gefiel mir.

3

Wir haben in unserer Vitrine wie gesagt vierzehn Sorten. In der vorderen Reihe Erdbeer, Vanille, Schokolade, Banane, Stracciatella, Zitrone und das blaue Wolkeneis. Hinten Haselnuss, Pistazie, Waldbeere, Karamell, Malaga, Joghurt-Kirsche und das Eis des Tages.

Beim Eis des Tages tobt sich Mama so richtig aus. Pfirsich-Nougat, Topfen-Mohn, Mango-Marzipan-Mandel, Honigmelone-Holler-Ribisel. Papa und ich sind ihre Testesser. Wir sind zum Beispiel die einzigen Leute auf der Welt, die wissen, wie Spaghettieis mit Ketchup schmeckt. Ich meine nicht Eisspaghetti, die machen wir in der Eiswelt natürlich. Man drückt dafür einfach Vanilleeis durch eine Presse, damit es wie Nudeln aussieht, und schüttet Erdbeersauce darüber. Nein, ich meine echtes Spaghettieis. Aus echten Spaghetti und echtem Ketchup. Mama fand, es wäre doch lustig, dann die Eisspaghetti aus Spaghettieis zu machen. Lustig schon, nur schmeckte das Spaghettieis ganz furchtbar. Papa und ich haben es beide ausgespuckt.

Am Dienstag war das Eis des Tages Blutorange mit Zwetschke. Am Montag war es Zimteis mit Honig, Mamas Lieblingssorte. Mama würde sie gern jeden Tag anbieten, aber Papa erlaubt es ihr nicht, weil das Zimteis mit Honig fast niemandem schmeckt. Er ist bei uns derjenige, der sich mit Geld auskennt. Mama ist die Köchin. »Der kreative Kopf des Unternehmens«, sagt Papa. Hin und wieder wirft sie Obst und Gemüse nur deshalb zusammen in die Eismaschine, weil ihr die Farben gefallen. So war das beim Brokkoli-Spargel-Gurkeneis.

Papa und ich sind auch die einzigen Leute auf der Welt, die wissen, wie Brokkoli-Spargel-Gurkeneis schmeckt. Wenn es gut schmecken würde, gäbe es die Sorte in der Eiswelt zu kaufen und dann wüsste es jeder.

Zimteis mit Honig ist auch so eine Seltsamsorte. Sie sieht fast genauso aus wie unser Karamell, aber wenn man den Unterschied wissen möchte, braucht man nur die Leute beim Schlecken zu beobachten. Schlecken sie, verziehen das Gesicht und gehen schnell weg, haben sie das Zimteis mit Honig. Manche wollen es sogar zurückgeben oder umtauschen. Schlecken sie noch einmal, schmatzen oder seufzen sie und sagen zu jemandem: »Hier, das musst du unbedingt probieren«, dann haben sie das Karamell.

Am Dienstag war von dem Zimteis mit Honig noch jede Menge übrig. Ich kam gleich in der Früh mit Mama ins Einkaufszentrum, in diese Woche fiel nämlich der Nationalfeiertag, darum hatte uns meine Schule die beiden Tage davor freigegeben. Alle aus der Klasse waren neidisch, weil ich die Zeit im Einkaufszentrum verbringen durfte.

Vor dem Aufsperren drehte ich eine schnelle Runde um den Glaskuppelplatz. Ich kann im Einkaufszentrum hingehen, wo ich will, solange ich immer zurückfinde. Papa hat mir gedroht, wenn er mal eine Lautsprecherdurchsage hört: »Der kleine Moritz Müller wartet beim Infostand auf seine Eltern, Herr und Frau Müller bitte zum Infostand«,

dann kauft er für mich im Zoogeschäft ein Halsband und legt mich an die Leine. Aber das war nur so dahergeredet. Er weiß ja, dass ich mich auskenne.

Auf meiner Runde entdeckte ich Mila vor dem Spielzeuggeschäft. Sie schaute sich die Auslage an. Ich wollte zu ihr, aber da war es schon fast neun und ich musste doch meiner Mutter beim Aufsperren helfen. Also winkte ich nur. Mila hatte den Kopf abgewandt. Vielleicht sah sie mein Spiegelbild in der Auslage winken.

Während ich Mama half und den Leuten Eis empfahl, musste ich an Mila denken. Mir fiel ein, dass ich sie gestern auch gesehen hatte. Nur von Weitem, aber ich kannte das rote Kleid und die schwarze Jacke inzwischen ziemlich gut. Das war gegen Mittag gewesen. Oder früher.

Hatte Mila auch schulfrei?

»Ich mache kurz mal Pause«, sagte ich zu Mama. »Okay?« Das Jausensackerl nahm ich mit. Mila und ich teilten uns oft mein Essen. Manchmal hatte sie ihre eigene Jause verschenkt. Und einmal hatte ihr ein Bursche mit einem Totenkopfleibchen das Brot aus der Hand gerissen und in den Mistkübel gesteckt, einfach so. Ein anderer Bursche hatte Mila den Apfel und das zweite Brot weggenommen und angefangen, damit zu jonglieren. Im Einkaufszentrum gibt es zwar einen Sicherheitsdienst, der so etwas verhindern soll, aber dort arbeiten nur zwei oder drei Männer, und auch wenn sie Uniformen tragen, sind sie keine richtigen Polizisten. Sie dürfen eigentlich gar nichts. »Außer finster dreinschauen«, sagt Papa.

Einmal hatte Milas Mutter einfach vergessen, ihr eine Jause mitzugeben. Das war aber okay, sie hatte dafür am Abend eine extragroße Pizza bestellt. Ich war ein bisschen neidisch gewesen, als mir Mila davon erzählte. Meine Eltern bestellten nie Pizza. Mama machte ab und zu selbst eine, bloß war die mit Vollkorn und schmeckte niemandem wirklich.

Diesmal fand ich Mila in dem langen Gang hinter dem Glaskuppelplatz. Sie saß dort, wo es zu den Wickelräumen und Klos ging. Als ich kam, sprang sie auf.

»Meine Mutter war gerade da! Du hast sie knapp verpasst. Ich wollte, dass du sie kennenlernst, darum habe ich dich gerufen, aber du hast nichts gehört.«

»Wo ist sie?«

Mila zeigte auf die Klotür. »Da drin, sie muss putzen.«

»Gehen wir rein und sagen Hallo.«

»Du kannst doch nicht aufs Damenklo gehen!«

Das klang auch wieder logisch. »Dann warten wir eben, bis sie rauskommt.«

Mila zögerte. »Gut, warten wir«, stimmte sie zu und setzte sich wieder hin.

Nach fünf Minuten verließ eine Frau das Klo. Sie sah Mila nicht an und Mila sie auch nicht. Für eine Putzfrau war sie außerdem viel zu schön angezogen. Sie trug einen Blazer wie Mama, wenn sie zur Bank muss. Und einen Seidenschal um den Hals.

Zehn Minuten verstrichen. Ich wusste es so genau, weil beim Schmuckgeschäft schräg gegenüber eine große goldene Uhr hing. Mila zupfte an einem Faden, der von ihrer Jacke baumelte. Sie wollte ihn abreißen, er hielt aber, auch als sie ihn um einen Finger wickelte und zog.

Fünfzehn Minuten. Ein paar ältere Mädchen kamen aus dem Klo. Mila hatte den Faden zwischen zwei Fingern gespannt und war dabei, ihn durchzuknabbern. Es schnalzte und er riss. Ich überlegte, ob ich etwas sagen sollte.

Nach zwanzig Minuten tat ich es. »Deine Mutter putzt aber lange.«

Mila nahm eine Hand voller Fusseln aus ihrer Jackentasche und fing an, die Fusseln nach Größen zu sortieren. »Sie ist wahrscheinlich schon weg.«

»Wie denn?« Der Gang war eine Sackgasse, Milas Mutter musste also an uns vorbei. Außer sie konnte so wie manche Superhelden durch Wände spazieren.

»Es gibt einen anderen Ausgang.«

»Wo?«

Verschwörerisch beugte sich Mila vor. »Am Klo sind Türen zu den Kabinen. Und dann eine Tür, auf der ›Personal‹ steht. Bei euch Männern auch, oder?«

»Da geht es raus?« Ich hatte immer geglaubt, hinter so einer Tür wäre ein Putzkammerl. Für die Wischfetzen und das Klopapier und den Gummisauger, wenn mal was verstopft.

Mila nickte. »Da geht es raus«, und sie erzählte mir von den geheimen Gängen, die durchs Einkaufszentrum führten. So kam ihre Mutter von einem Ende ans andere, ohne an den Besuchern vorbeizumüssen. »Oder hast du schon

mal eine Putzfrau mit einem Putzwagen herumlaufen gesehen?«

Nein. Eigentlich logisch, dass die Putzfrauen dann woanders waren. Ich war enttäuscht, weil Mila die geheimen Gänge kannte und ich nicht, obwohl ich doch geglaubt hatte, ich würde alles im Einkaufszentrum kennen.

Mila schaute hungrig mein Jausensackerl an. Ich öffnete es. Zwei Brote und ein Müsliriegel. »Magst du ein Brot?«

Sie nickte. Eins der Brote war mit Wurst, das andere mit Frischkäse. Während ich überlegte, ob ich Mila aussuchen lassen sollte oder ob es okay wäre, ihr einfach das Frischkäsebrot zu geben, schnappte sie mir das Wurstbrot aus der Hand und biss hinein. Sie stopfte sich das halbe Brot auf einmal in den Mund. Hatte ihre Mutter schon wieder vergessen, ihr eine Jause mitzugeben?

Ich wollte fragen. Da fiel mir ein, was ich noch fragen wollte. »Gehst du in meine Schule?«

Mila hörte auf zu kauen. »Och globo nucht«, nuschelte sie mit vollem Mund. Sie schluckte. »Ich glaube nicht. In welche Schule gehst du?«

»In die Holzackerweg-Schule.«

»Dann nicht, ich gehe in die Josef-Eder-Schule.« Ich wusste, welche das war, man fuhr nämlich auf dem Weg ins Einkaufszentrum direkt daran vorbei. Und ich wusste noch etwas: Die Josef-Eder-Kinder hatten diese Woche nicht schulfrei, sondern erst nächste Woche. Mein Freund Daniel hatte mir das gesagt.

Was tat Mila also vormittags im Einkaufszentrum? Sie war gestern auch da gewesen. Schwänzte sie?

Ich gehöre nicht zu den Kindern, die in der Früh aus dem Bett springen und schreien: »Hurra, wir schreiben heute einen Rechentest!« Die Schule ist nicht mein bester Freund. Ich gehe eben hin, weil ich muss.

Nur am Ende der Sommerferien, da freue ich mich meistens auf die Schule, weil ich dort meine Freunde wiedersehe. Und irgendwie ist die Schule auch so etwas wie ein alter Freund, zumindest kommt es mir am Ende der Sommerferien so vor. Mein Sessel im Klassenzimmer, meine Tischhälfte und mein Bankfach in der dritten Reihe ganz links neben der Wand, an der die Einmaleins-Tabelle hängt. Die Ferien dauern ja doch neun Wochen und wir haben auch nicht so viel Geld, dass wir wegfahren könnten. Urlaub im Einkaufszentrum klingt zwar spannend, aber irgendwann hat man alles gesehen, die Topfpalmen am Glaskuppelplatz, den aufblasbaren Pool vor einem der Reisebüros und die Karibik-Bar mit Hängematten und echtem Sand. Darum ist die Schule für mich eine nette Abwechslung. Nach ein oder zwei Wochen verfliegt das Gefühl, dann wünsche ich mir wieder, es wären Ferien und ich könnte den ganzen Tag im Einkaufszentrum abhängen.

Schwänzen würde ich trotzdem nie. Weil meine Eltern das gar nicht gut fänden und weil ich schon kapiert habe, dass man in die Schule gehen muss. Weil man fürs Leben lernt. Wer schwänzt, wird nie klüger.

»Warum bist du nicht in der Schule?«

»Warum bist *du* nicht in der Schule?« Ein halbes Wurstrad hing von Milas Lippen. Sie schob es sich hastig in den Mund.

»Wir haben schulfrei.«

»Vielleicht haben wir auch schulfrei.«

»Habt ihr nicht.«

»Ich schon. Ich habe nicht gesagt, dass bei uns alle schulfrei haben. Nur ich. Weil ich krank bin. Und andere kranke Kinder.« Mila hustete.

»Und gestern?«

»Gestern war ich auch krank.«

Sie hustete wieder.

»Und am Freitag, warst du am Freitag in der Schule?«

Mila funkelte mich bitterböse an.

»Was hast du denn für eine Krankheit?«

»Du glaubst mir nicht«, murmelte Mila. Sie klang nicht beleidigt, eher traurig.

»Doch.« Ich überlegte blitzschnell. »Ich möchte nur wissen, ob das, was du hast, ansteckend ist.«

»Warum willst du das wissen?«

»Weil ich mich näher zu dir setzen will«, sagte ich und rutschte an sie heran. »Und weil ich dir etwas von meinem Orangensaft anbieten möchte.« Ich holte ihn aus dem Jausensackerl. »Aber dazu muss ich wissen, ob wir aus derselben Flasche trinken dürfen.«

Mila schnappte sich die Flasche, trank und wedelte damit vor meiner Nase, bis ich einen Schluck nahm.

»Also ist das, was du hast, nicht ansteckend.«

»Doch. Und jetzt hast du es auch.«

Sie lachte. Ich nicht. »Was habe ich?«

»Die Gelsenkrankheit. Das heißt, du wirst dich in eine Gelse verwandeln.« Manchmal, wenn Mila so schräge Sachen sagte, war ich mir nicht sicher, ob sie die selber glaubte. Diesmal kapierte ich aber, dass sie nur einen Witz machte. Ich war erleichtert.

»Verwandelst du dich auch in eine Gelse?«

»Nein.« Sie zog den Kopf ein und zischte: »Ich bin schon eine.« Ihr kleiner Finger, spitz und hart wie ein Gelsenrüssel, pikste mich in die Rippen.

»Aua!«

»Mücken-Mila«, sagte Mila. »Und Mücken-Motz.« Sie grinste mir ins Gesicht, bis ich auch grinsen musste. Ihre Augen funkelten, es sah aus, als tanzten in ihnen winzige

Gelsen. Dann schaute sie hoffnungsvoll mein Jausensackerl an. Ich seufzte und gab ihr den Müsliriegel, obwohl ich mich auf den schon gefreut hatte.

»Im Ernst«, fragte ich nach. »Du gehst in die Schule, oder?«

Sie ließ den halb ausgepackten Müsliriegel sinken. »Glaubst du, ich kann nicht lesen und schreiben?«

Ich deutete auf das Schild des Geschäfts gegenüber. »Was steht da?«

»O-p-t-i-k-e-r«, las Mila vor. Ganz langsam, jeden Buchstaben einzeln, so wie ich in der ersten Klasse. »Da steht ›Optiker‹, siehst du? Ich kann lesen.«

»Schreiben auch?«

»Wenn ich einen Zettel hätte, würde ich es dir beweisen.«

»Schreib mit dem Finger auf den Boden«, schlug ich vor. »Schreib«, ich schaute noch mal rüber, »›Aktionspreise‹.«

Mila schrieb AKTIONP in Blockbuchstaben. Ihr O sah wie ein Kreis aus, das N war spiegelverkehrt und das S ließ sie weg.

Nach dem P hörte sie auf. »Das Wort kenne ich nicht, wie schreibt man das?«

»Na, so.« Ich deutete auf das Plakat unter dem Optiker-Schild.

Mila starrte lange hin. Sie kniff die Augen zusammen, riss sie als Nächstes weit auf und zog sogar mit zwei Fingern ihre Lider auseinander. Endlich nickte sie. »Genauso habe ich es geschrieben.«

»Das N auch?«

Ich dachte ein bisschen, Mila würde schmollen, doch sie knabberte nur am Müsliriegel. »Wenn du sagst, es steht dort anders, glaube ich dir natürlich«, versicherte sie mir. »Das heißt aber nicht, dass ich nicht schreiben kann. Ich sehe bloß nicht so gut.« Mit vollem Mund grinste sie mich an. »Ich brauche wahrscheinlich einen Aktionspreis für eine Brille.«

4

Am Nationalfeiertag hatte das Einkaufszentrum geschlossen. Weil es nicht regnete, machten meine Eltern und ich einen Ausflug, so wie andere Familien an Samstagen oder Sonntagen. Nur dass meine Eltern eben auch samstags arbeiten, und sonntags sind sie dann meistens k.o. Papa schläft lange und nimmt vormittags ein Bad, Mama legt auf der Couch die Füße hoch. Manchmal strickt oder häkelt sie. Abends kocht Papa und sie schauen sich im Fernsehen einen Krimi an. Der Sonntag, sagt Papa, ist ihm heilig.

Der Nationalfeiertag war aber ein Mittwoch, deswegen lief auch kein Krimi, sondern wir spielten abends ein Quizspiel. Als ich dabei etwas buchstabieren musste, fiel mir Mila ein. Irgendwie glaubte ich ihr das mit der Brille nicht. Und war »Aktionspreise« wirklich ein so schwieriges Wort?

Am nächsten Tag brachte ich Mila ein Buch ins Einkaufszentrum.

»Was soll ich damit?« Dann kapierte sie. »Du willst, dass ich lesen übe.« Sie klang beleidigt.

Ich schüttelte den Kopf. »So habe ich das nicht gemeint«, aber das war gelogen. Genauso hatte ich es gemeint.

»Wie dann?«

Mir kam ein Geistesblitz. »Wenn ich krank bin, liege ich gern im Bett und lese. Oder meine Mutter liest mir vor.

Also dachte ich, weil du doch krank bist, könntest du dich auch mit dem Buch ins Bett legen.«

»Das heißt, ich darf es mitnehmen und behalten?«

Ich wollte es ihr eigentlich nur leihen, aber sie klang so aufgeregt, als hätte ihr noch nie jemand ein Buch geschenkt. Und dieses war für jüngere Kinder, die gerade erst lesen lernten. Es stand daheim bloß im Regal herum.

»Wenn du willst. Du kannst es mir auch irgendwann zurückgeben.« Enttäuscht wandte sich Mila ab. »Du musst nicht! Behalte es, wenn es dir gefällt.«

»Danke«, flüsterte Mila.

Sie schlug das Buch auf. Es hieß »Wo ist die Maus in meinem Haus?« und handelte von einem Buben, der mit seinen Eltern in einem großen Haus wohnt. Dort wohnt auch eine Maus, das kapiert der Bub aber erst, als die Maus eine ganze Packung Kekse frisst, die er in seinem Zimmer versteckt hat. Ich wusste irgendwie schon, warum ich gerade bei dem Buch an Mila gedacht hatte.

Sie schob es mir hin und bat mich: »Lies mir vor.«

»Ich kenne die Geschichte schon.« So spannend war sie nicht. Außerdem hatte ich Mila das Buch ja gebracht, damit sie lesen üben konnte.

»Bitte. Du hast gesagt, deine Mutter liest dir auch vor.«

»Nur wenn ich krank im Bett liege.«

Mila schlüpfte unter dem Schulterriemen der Tasche durch. Sie streckte sich auf dem Boden aus, legte den Kopf auf die Tasche und breitete das aufgeklappte Buch und den Schlenkerelefanten wie zwei Decken über sich. »Fertig«, sagte sie. »Ich liege im Bett.« Sie hustete und kraulte dem Schlenkerelefanten die Ohren.

Jede Menge Leute marschierten an uns vorbei. Die meisten hatten es so eilig, dass ihnen egal war, wo ihre Füße landeten, auf den Fliesen, auf dem Riemen der Tasche oder auf Milas dünnem Arm. Ich streckte die Beine aus, damit die Besucher einen Bogen um uns machen müssten und nicht auf Mila trampeln würden. Dann nahm ich das Buch. »Unser Haus liegt auf einem Hügel ...«, las ich vor.

Mila gähnte. »Ist dir langweilig?« Ich konnte ihr morgen ein anderes Buch bringen.

Sie schüttelte den Kopf. »Lies weiter«, murmelte sie und dann noch etwas, das wie »Gutenachtgeschichte« klang. Also las ich weiter. Das Buch war gar nicht so unspannend, wie ich geglaubt hatte. Ein paar Stellen waren sogar witzig. Einmal zum Beispiel baute der Bub aus Wäscheklammern eine Mausefalle, aber nicht die Maus tappte hinein, sondern seine Mutter. Und zu Weihnachten kletterte die Maus auf den Christbaum und fraß alle Nüsse, die daran hingen. Sie verwickelte sich im Lametta, und der kurzsichtige Opa glaubte, sie wäre ein Weihnachtsengel.

Ich musste lachen, als ich vorlas: »Warum hat der Weihnachtsengel einen langen Mäuseschwanz?«

Mila lachte nicht. Sie kicherte oder gluckste auch nicht, wahrscheinlich war ihr wirklich langweilig. Als ich sie fragen wollte, hörte ich ein leises Schnarchen. Ich rüttelte Mila an der Schulter. »Schläfst du?«

Mila riss die Augen auf. Eine Frau hetzte vorbei und

streifte mit ihren vielen Einkaufstaschen meine Füße. Der Lautsprecher an der Decke plärrte: »Der kleine Emil wartet beim Infostand auf seine Eltern, die Eltern des kleinen Emil bitte dringend zum Infostand.«

»Du hast geschlafen!«

»Nein.«

»Doch, du hast geschnarcht.«

»Ich habe mich nur konzentriert«, behauptete Mila.

»Na gut, was habe ich gerade vorgelesen?« Sie schwieg. Aus dem Spielzeuggeschäft hinter uns kamen ein *Ding-Dang-Dong* und die Ansage: »Wir informieren unsere geschätzten Kunden, dass wir in fünfzehn Minuten schließen.« Es war Viertel vor sechs, in fünfzehn Minuten würde auch der Eissalon schließen und in spätestens einer halben Stunde säße ich mit meiner Mutter im Auto.

»Ich muss los.« Ich klappte das Buch zu und gab es Mila. Ihre Mutter würde sicher bald kommen, bis dahin konnte Mila ja nachlesen, wie der Bub die Maus endlich fing. Oder ihre Mutter konnte ihr den Rest heute Abend vorlesen, wenn Mila daheim in ihrem Bett lag.

Erst nach dem Zähneputzen, als ich selber im Bett lag, dachte ich wieder an Mila. »Erzähl mir eine Gutenachtgeschichte«, bat ich Mama.

»Bist du dafür nicht schon zu alt?« Aber sie blieb bei der Zimmertür stehen. »Welche möchtest du hören?«

Die von der Maus in dem Haus, wollte ich sagen. Aus meinem Mund kam: »Die von der Haus in dem Maus.«

»Ich glaube, ich weiß, welche du meinst.« Meine Mutter ging zum Regal. »Wo ist denn das Buch?«

»Weg«, sagte ich. »Ich hab's einer Freundin geschenkt. Oder geliehen. Eher geschenkt.«

Irgendwie ahnte ich da schon, dass ich es nie zurückbekommen würde.

»Wie soll ich dir die Geschichte dann vorlesen?«

»Erzähl sie mir einfach.«

Mama setzte sich auf die Bettkante. »Also da war ein Haus. In dem wohnten ein Bub mit seinen Eltern und eine Maus. Ich glaube, die Maus fraß den Kuchen, den die Mutter des Buben …«

»Kekse«, unterbrach ich sie, »es waren Kekse. Der Bub hatte die Packung in seinem Zimmer versteckt.«

»Weißt du was?«, schlug Mama vor. »Erzähl du mir die Gutenachtgeschichte.«

Sie saß auf der Bettkante und murmelte mitfühlend »Auweh!«, als sie das mit der Wäscheklammernfalle hörte. Sie kicherte über den Opa und den Weihnachtsengel mit dem langen Mäuseschwanz. Wieder musste ich an Mila denken. Ob sie wirklich einen Engel gesehen hatte oder nicht, ob es womöglich eine Maus mit Lametta um die Ohren und Nussschalenflügeln gewesen sein konnte.

»Sie fingen die Maus.« Und dann? Hatte der Bub die Maus behalten oder nicht? Diese Frage war mir auf einmal furchtbar wichtig, und dass ich die Antwort nicht wusste, machte mich traurig.

Meine Mutter flüsterte: »Schlaf gut, mein Großer, mein

Mäusegeschichtenerzähler«, und sie gab mir einen Kuss auf die Stirn.

»Ich bin noch nicht fertig. Sie fingen die Maus und dann, ich weiß nicht mehr, was sie dann …«

»Schlaf jetzt«, wiederholte Mama und stand auf. »Du kannst morgen deine Freundin fragen.«

Das würde ich tun. Ich würde Mila fragen, wie die Geschichte ausging. Gleich morgen würde ich sie fragen. Ganz fest nahm ich mir das vor.

5

Am nächsten Tag suchte ich Mila gleich nach der Schule. Ich brauchte eine Weile, bis ich sie fand. Sie saß diesmal auf dem kleineren Platz im Einkaufszentrum, dem, der statt einer Glaskuppel ein gewöhnliches Dach hat. Dafür hat er einen Brunnen. In der Apothekenauslage neben Mila hing ein Plakat für Hustensaft.

»Wie geht es deinem Husten?«

»Welchem Husten?«

Ich schaute Mila an. Dann das Plakat. Mila schaute mich an. Und das Plakat.

»Ach so«, sagte sie, »*dem* Husten. Ich habe keinen mehr.«

»Warst du heute in der Schule?«

»Für die Schule bin ich noch zu krank, sagt der Arzt.«

Das klang für mich komisch, aber ich bin ja kein Arzt. Milas Umhängetasche stand halb offen, unter dem Rüssel des Schlenkerelefanten sah ich eine Ecke des Mäusebuchs. Ich wollte gerade fragen, ob der Bub die Maus nun behalten hatte oder nicht, da rief jemand: »Moritz!«

Die Stimme kam vom Brunnen. Zwei Stufen führen zu ihm hinauf. Auf der unteren saßen zwei Mädchen mit braunen Haaren und rosa und gelben Haarspangen. Ein blonder Bub saß auf der oberen Stufe. Die Mädchen waren Lisa und Laura, die Bäckerzwillinge, und der Bub hieß Jürgen.

»Komm«, sagte ich, »dort sind meine Freunde.« Mila schüttelte den Kopf.

»Was ist los?«

Sie murmelte: »Die mögen mich nicht.«

»Warum sollten sie dich denn nicht mögen?«

Mila zuckte mit den Schultern und sagte nichts mehr.

»Moritz!« Der Name klang diesmal zweistimmig. Lisa und Laura winkten. Ihr Vater ist der Bäcker im Einkaufszentrum, ich weiß nicht, wie seine Bäckerei heißt, ich glaube, die hat gar keinen Namen. Dafür aber eine große Glasvitrine, aus der es jeden Tag nach Brot und Semmeln duftet und, wenn Fasching ist, auch nach Krapfen mit Staubzucker und Marillenmarmelade.

Jürgen nickte mir lässig zu. Er ist schon zwölf, sein Vater ist der »Pommeskönig«. Wir kennen uns, weil er eben auch oft nach der Schule im Einkaufszentrum abhängt. Irgendwann habe ich einfach Hallo zu ihm gesagt. Ich bin einer, der gern neue Leute kennenlernt, aber ich weiß, dass es anderen Kindern oft schwerer fällt. Mila, dachte ich, war bloß schüchtern.

»Die beißen nicht«, versprach ich ihr. »Komm.«

Wir gingen rüber und ich stellte Mila allen vor. Lisa trug heute die rosa Haarspangen, Laura die gelben. Sie wechseln sich ab. Ich mag Laura lieber als Lisa, weil sie weniger redet. Das klingt jetzt irgendwie gemein, und es ist auch nicht so, dass mich Lisas Gerede immer nerven würde. Sie hört nur oft nicht damit auf. Oder zu spät. Sodass man denkt: Wenn sie einen Satz früher aufgehört hätte, wär's besser gewesen.

Auf der Stufe zwischen Laura und Lisa lag eine Schachtel. Darin waren Servietten und ein paar Stück von einem Blechkuchen. Die Bäckerzwillinge kriegen immer alte Blechkuchen zum Teilen mit, Zwetschken- und Birnenkuchen oder Erdbeerschnitten mit Gelee und Vanillecreme. An dem Tag war es ein Marillenkuchen. Lisa fragte mich: »Magst du ein Stück?«

»Ja, bitte.«

Sie legte ein großes Stück Marillenkuchen auf eine Serviette und gab es mir. Ich sagte Danke und wartete. Wenn mein bester Freund Daniel bei uns ein Eis kriegt und mein zweitbester Freund Rudi steht daneben, kriegt Rudi immer auch ein Eis. Sonst wäre Rudi auf mich sauer und Daniel wahrscheinlich auch.

Lisa sagte zu Mila: »Der Kuchen ist gut, den hat unser Vater gebacken. Er ist nämlich Bäckermeister und ein Meisterbäcker.« Aber sie bot Mila nichts an.

»Kriegt Mila auch ein Stück?«, fragte ich.

Lisa schaute Laura an. Laura zuckte mit den Schultern. Lisa seufzte, dann nahm sie ein Stück und legte es auf eine Serviette. Es war ein Randstück ohne eine einzige Marille, halb so groß wie die anderen und ein bisschen verbrannt. »Da«, sagte sie zu Mila, »kannst du haben.« Sie legte die Serviette mit dem Kuchen neben sich auf die Stufe.

Milas Hand schnappte zu. Blitzschnell stopfte sie sich das ganze Kuchenstück in den Mund. Lisa und Laura kicherten, Laura hielt sich dabei die Hand vor, Lisa nicht.

Noch während Mila kaute, fing sie an, die Brösel von der Serviette zu picken. Sie schleckte sich die Finger ab und schaute hoffnungsvoll in die Kuchenschachtel.

Kriegt Mila bitte noch ein Stück? Ein großes?, wollte ich fragen. Ich hielt meines in der Hand. Normalerweise läuft mir von einem saftigen Marillenkuchen das Wasser im Mund zusammen, aber diesmal war es anders. Je länger ich wartete, desto kleiner wurde mein Hunger.

»Da, kannst du auch haben«, sagte ich und gab Mila mein Stück Kuchen. Mila glotzte mich an, als wäre ich Superman. Die anderen glotzten auch, aber nicht so, als wäre ich Superman. Eher so, als wäre ich bescheuert. Da kapierte ich erst. Mila hatte recht. Meine Freunde konnten sie nicht leiden.

Warum?

Es gibt Leute, die glauben, dass ein Mensch wegen seinem Beruf etwas Besseres ist als ein anderer. »Versnobt«, sagt meine Mutter dazu. Vielleicht waren Jürgen, Lisa und Laura ja ein kleines bisschen versnobt. Obwohl Kind streng genommen kein Beruf ist, ich blicke bei so etwas aber auch nicht immer durch. Meine Eltern sind Eisverkäufer, daher hatte ich nie Probleme.

Eisverkäufer ist ein Traumjob. Für Kinder, meine ich. Mein Vater wollte lieber Arzt werden, er kann aber kein Blut sehen. Ein Arzt, dem vor Blut graust, ist ungefähr so nützlich wie eine Eiswaffeltüte mit einem Loch unten. Und meine Mutter hat eine Lehre als Friseurin gemacht, bevor sie angefangen hat, in der Eiswelt zu arbeiten. Sie schneidet mir daheim im Wohnzimmer die Haare so, dass ich dabei fernsehen kann.

Egal. Was ich sagen wollte: Eisverkäufer ist für Kinder ein Traumjob, Bäcker oder Pommeskönig auch. Bäckerkinder haben Kuchen und Pommeskönigskinder haben Pommes zum Teilen. Putzfrauenkinder haben eher nichts, höchstens Seife. Logisch, dass das nicht so gut ankommt.

Für mein großes Kuchenstück brauchte Mila drei Bissen. Beim zweiten lief sie knallrot an, ich hatte schon Angst, sie würde ersticken. Irgendwie bekam sie ihn doch hinunter.

»Wie alt bist du?«, fragte Jürgen.

Mila antwortete, während sie kaute: »Aff ban naun Jaje.« Der dritte Bissen fiel ihr aus dem Mund, er landete auf den Stufen.

»Iiiieh!«, kreischte Lisa. Sie und Laura sprangen auf.

»Neun Jahre, echt? Ich dachte, du gehst noch in den Kindergarten. Wegen dem Plüschvieh.« Jürgen deutete auf den Schlenkerelefanten, der aus Milas Tasche hing. »Ich wette, das hat sogar einen Namen. Wie heißt es?«

»Plüschi«, flüsterte Lisa, und Laura flüsterte zurück: »Fantilein.« Sie kicherten.

»Gurkensalat«, sagte Mila laut. Das war ein Witz, bloß kapierte es niemand außer mir. Alle dachten, Mila wäre bescheuert.

Lisa klappte die Schachtel zu. »Komm, Laura, hier stinkt es. Wir gehen.« Jürgen sprang auch auf. Er und die Zwillinge marschierten gemeinsam davon, den Kuchen nahmen sie mit.

Als sie weg waren, zog Mila den Schlenkerelefanten aus der Tasche. Sie hielt ihn sich ins Gesicht und fuhr mit sei-

nem Rüssel über ihre Wange, das sah ein bisschen so aus, als wollte er sie trösten.

»Er heißt nicht wirklich Gurkensalat, oder?«

Mila schüttelte den Kopf. »Er heißt Marillenkuchen.« Sie sagte es ganz trocken und in dem Moment, ich weiß auch nicht wieso, fand ich das wahnsinnig witzig.

»Marillenkuchen, der ist gut.« Mila drehte sich plötzlich weg. Glaubte sie, ich machte mich über sie lustig? Ich wollte ihr beweisen, dass ich nicht wie Jürgen und die anderen war. »Du könntest ihn auch Brunnen nennen. Oder Rolltreppe. Oder Schaufensterdeko. Oder … Stufen-vor-dem-Brunnen.«

Mila schaute runter auf die Stufen. Auf den zerkauten Bissen, der ihr aus dem Mund gefallen war. Sie bückte sich danach und aß ihn.

Iiieh!, dachte ich. Aber mir wurde klar, dass sie furchtbaren Hunger haben musste. Wenn ich furchtbaren Hunger habe, was selten vorkommt, könnte ich alles essen. Sogar Sachen, die auf dem Boden liegen. Sogar Brokkoli-Spargel-Gurkeneis.

»Magst du ein Eis?«, fragte ich Mila spontan.

»Ich darf nicht weg, ich muss auf meine Mutter warten.«

»Sie kommt doch erst um sechs, oder?« Es war noch nicht einmal zwei.

»Schon, aber sie hat gesagt, ich muss hier warten.« Mila zuckte mit den Schultern, als fände sie das genauso komisch wie ich. Sie tat mir leid, es musste ätzend langweilig sein, vier Stunden an demselben Platz zu hocken. Ich wäre wahrscheinlich nicht da geblieben. Meine Mutter hätte so etwas aber auch nicht von mir verlangt.

»Dann bringe ich dir das Eis eben.«

»Ich habe kein Geld.«

»Macht nichts, ich lade dich ein.« Ich hatte schon öfters Freunde auf ein Eis eingeladen. Daniel und Rudi, auch andere Kinder aus meiner Klasse, wenn sie ins Einkaufszentrum kamen. Auch Jürgen und die Bäckerzwillinge. Keiner von denen hatte mich je so angeschaut, wie mich Mila jetzt anschaute, als wäre ich Superman und Batman und Spider-Man, alles in einem.

»Warte hier.« Ich lief los. Erst beim Glaskuppelplatz fiel mir ein, dass ich Mila nicht gefragt hatte, welches Eis sie wollte. Egal. Ich würde ihr eben eines empfehlen.

»Was darf's sein?«, fragte mich meine Mutter, als ich zur Vitrine kam. »Wie viele Kugeln?«

Ich überlegte. Eine Kugel war, wenn man Hunger hatte, ein bisschen wenig. Drei waren zu viel, zumindest für mich. Ich bekomme bloß zwei Kugeln am Tag, weil Papa sagt, dass ich sonst irgendwann nur mehr aus Eis und Waffeltüten bestehe.

»Zwei, bitte.« Meine Mutter machte zwei Stricherl auf die Liste hinten an der Vitrine. Normalerweise bekomme ich das Eis für meine Freunde ohne Stricherl, aber das müssen dann schon Freunde sein, die meine Mutter kennt.

Welche Sorte sollte ich Mila empfehlen? Erdbeer hätte zu dem roten Kleid gepasst, aber Mila war kein Erdbeereis-

kind. Erdbeer war außerdem fast aus, genauso wie Schoko und Vanille. Ich schaute mir die hinteren Eissorten an. Haselnuss, Pistazie, Waldbeer, Karamell. Malaga würde mir meine Mutter nicht geben. Beim ersten Mal hatte sich Mila Joghurt-Kirsche ausgesucht, trotzdem wusste ich nicht sicher, ob Joghurt-Kirsche das richtige Eis für sie wäre. Vielleicht hatte es ihr ja gar nicht geschmeckt.

Das Eis des Tages war Mamas Zimteis mit Honig, und kaum sah ich es, spürte ich: Das Seltsameis, das niemand mochte, obwohl es gut war, das war die richtige Sorte für Mila.

»Zweimal Zimteis mit Honig, bitte.« Meine Mutter runzelte die Stirn, sie wusste, dass ich das Zimteis auch nicht so besonders mochte. Aber sie strich mir die beiden Kugeln in eine Waffeltüte und ich lief damit zurück zu Mila. Den ganzen Weg über fragte ich mich, ob ich richtig lag oder falsch. Was, wenn Mila das Zimteis mit Honig schrecklich fand?

Ich dachte an den zerkauten Kuchen. Wahrscheinlich würde sie es trotzdem essen.

Mila wartete. Ich gab ihr die Tüte. Sie schleckte vorsichtig, verzog nicht das Gesicht und fragte mich auch nicht, ob ich das Eis für sie zurückbringen und umtauschen würde.

»Mmh, was ist das? Das ist gut!« Sie klang so begeistert und schleckte so genießerisch noch einmal, dass ich glauben konnte, Mama hätte mir versehentlich zwei Kugeln Karamell gegeben. Aber ich hatte ihr ja zugesehen.

»Zimteis«, sagte ich. »Mit Honig.« Milas ganzes Gesicht fing an zu leuchten, als ginge hier, mitten im Einkaufszentrum, die Sonne auf. Sie aß ihr Eis und lächelte mich an. Ich war froh und ein wenig stolz, dass ich es erraten hatte: Das richtige Eis für Mila musste die Seltsamsorte sein, die es bloß alle paar Tage gab. Die niemand mochte, obwohl sie gut war. Gut, nur eben anders.

»Das war das beste Eis in meinem Leben«, sagte Mila, als von der Waffeltüte und den beiden Kugeln nichts mehr übrig war. Sie lächelte noch immer. Ein bisschen Zimteis mit Honig klebte an dem Lächeln, an ihren Mundwinkeln und an der Zungenspitze.

»Freut mich«, sagte ich und erzählte ihr: »Das Zimteis mit Honig hat meine Mutter erfunden.«

Milas Lächeln erlosch.

»Was ist los?«

»Glaubst du, du bist was Besseres als ich?«, fauchte sie. »Nur weil deine Mutter das erfunden hat?«

»Was? Nein. Wieso denn?«

»›Das Eis hat meine Mutter erfunden!‹«, äffte mich Mila nach. »›Und den Kuchen hat unser Vater gebacken, der ist nämlich ein Meisterbäckermeister!‹« Sie drehte sich um und lief weg.

Wahrscheinlich hätte ich sie einholen können, sie musste ja auf dem Platz bleiben. Aber ich wollte nicht. Ich sah, wie ihre schwarze Jacke und ihr rotes Kleid zwischen den Leuten verschwanden, und war hauptsächlich froh, dass ich ihr nicht drei Kugeln Eis geschenkt hatte.

»Was ist denn mit dir los?«, rief ich ihr nach.

6

Erst am Montag, als ich mit meiner Jause eine schnelle Runde drehte, sah ich Mila wieder vor dem Spielzeuggeschäft sitzen. Ich war mir nicht ganz sicher, ob ich mit ihr reden wollte. Oder sie mit mir. Ich mit ihr wahrscheinlich schon, ich bin ja nicht nachtragend.

Dann bemerkte ich, wer neben ihr lag, und vergaß sogar glatt unseren Streit. »Ist das dein Hund?«

Ich hätte nicht fragen müssen, Mila strahlte übers ganze Gesicht. Ich hatte sie noch nie so glücklich gesehen. Ich hatte, glaube ich, überhaupt noch nie so einen glücklichen Menschen gesehen. Höchstens meine Mutter, wenn sie Zimteis mit Honig aß.

Der Hund sprang auf und wollte zu mir laufen, aber Mila schnappte sich das Fell an seinem Hals und zerrte ihn zurück auf den Boden. »Sitz, Felix. Sitz.«

»Seit wann hast du einen Hund?«

»Seit gestern. Mein Vater hat ihn mir geschenkt.«

»Darf ich ihn streicheln?«

Sie zuckte mit den Schultern. »Wenn er dich lässt.«

Also hockte ich mich hin, streckte Felix meine Hand entgegen und ließ ihn erst einmal daran schnüffeln. Mir fiel etwas auf.

»Was ist das?« Ich wies auf den bräunlich-gelben Hundebauch.

»Sein Fell«, sagte Mila, als wäre ich bescheuert.

»Nein, das.« Ich deutete auf die Wölbung des Bauches. »Kann es sein, dass dein Felix eine Sie ist? Und schwanger?«

»Na und?«, fauchte Mila.

»Ich meine ja nur.«

Mila wandte sich ab. »Mach dir nichts draus, Felix«, sagte sie laut. »Ich habe dich lieb, ganz egal, ob du ein Er bist oder eine Sie. Und ganz egal, ob dich sonst noch jemand mag.«

Ich mochte Felix ja auch und kraulte ihn oder sie hinter den Ohren. Sein Fell war nicht weich, es fühlte sich eher wie eine Drahtbürste an. Und klebrig. »Hat euch der Händler denn nicht gesagt, ob es ein Er ist oder eine Sie?«

Mila murmelte: »Der Händler war ein bisschen plemplem.« Sie streichelte Felix' Hundegesicht. Er hatte jede Menge graue Haare, vor allem an der Schnauze.

»In welchem Geschäft wart ihr?« Es gab im Einkaufszentrum zwei Zoohandlungen, aber keine von denen hatte sonntags geöffnet oder hatte überhaupt Hunde. »Felix ist doch nicht mehr jung. Ich dachte, so ein Händler verkauft Welpen.« Die Mäuse, Hamster und Meerschweinchen in diesen Zoogeschäften waren immer erst ein paar Wochen alt. Das stand auf den Schildern.

Mila schnappte: »Und was glaubst du, was er mit den Welpen tut, die keiner will? Dass er die einfach vergiftet?«

Keine Ahnung, ich hatte nie darüber nachgedacht. Vielleicht lieferte er sie beim Tierheim ab? Oder machte mit ihnen ein Sonderangebot, zwei Hunde zum Preis von einem, so wie wir mit dem übrig gebliebenen Eis, wenn

wir Mitte November zusperrten. Obwohl wahrscheinlich nicht so viele Leute beim Heimgehen schnell noch einen Hund kauften wie ein Eis. »Wenn Felix alt ist, habt ihr ihn dann billiger bekommen?«

Mila schwieg. Sie schaute weg und ich begriff, dass sich ihre Eltern keinen jungen Hund leisten konnten.

»Und du darfst ihn mit ins Einkaufszentrum nehmen?«

»Warum nicht?«

»Weil er ein Halsband bräuchte. Und eine Leine.«

»Das kauft mein Vater alles heute Abend. Oder morgen. Wenn er eben Zeit hat.«

»Aber was, wenn euch der Sicherheitsdienst heute erwischt?«

Sie funkelte mich an. »Was hätte ich denn tun sollen? Ich musste ihn mitbringen, bei uns ist niemand daheim. Und Felix ist brav, er würde niemanden beißen.« Felix riss das Maul weit auf und gähnte. Er hatte ziemlich spitze Eckzähne, aber als er das Maul zuklappte, sah er gleich wieder harmlos aus. »Die Leute vom Sicherheitsdienst können ihn mir doch nicht wegnehmen, oder?«

»Nein, das dürfen sie nicht«, beruhigte ich Mila. »Sie dürfen überhaupt nichts, außer finster dreinschauen.«

»Dann sollen sie ruhig kommen, ich kann finsterer dreinschauen als sie.« Das glaubte ich ihr. »Willst du einen Trick sehen?«, fragte sie mich.

»Klar.«

Sie ließ Felix los und er stand auf. »Sitz«, befahl ihm Mila. »Sitz.« Wieder schnappte sie sich das Fell an seinem

Nacken und zog. Felix ging ergeben in die Knie und legte den Kopf auf die Vorderbeine. Er war kleiner als Mila, und Mila stärker, als sie aussah, darum musste er am Boden bleiben. Sitzen hätte ich das trotzdem nicht unbedingt genannt. Ich wollte aber nicht schon wieder streiten. »Super. Was kann er noch?«

»Bis jetzt nichts, ich habe ihn ja erst seit gestern.«

»Du könntest ihm das Rechnen beibringen. Und wenn du fragst: ›Wie viel ist eins plus eins?‹, schlägt er zweimal mit dem Schwanz auf den Boden.« Ich hatte das mal in einem Zirkus gesehen.

»Wozu soll das gut sein?«

»Einfach so.« Ich überlegte. »Wenn es zu was gut sein soll, trainier mit ihm, dass er dir aus der Konditorei dort ein Stück Torte holt.«

Mila beugte sich interessiert über Felix. »Torte, Felix. Bring mir Torte«, befahl sie. Seine Ohren zuckten nur ein bisschen. Sie schubste ihn mit dem Fuß. »Bring mir ein Stück Torte mit einem Marzipanigel.«

Ich wusste, welche sie meinte. Der Konditor hatte in seiner Vitrine eine Herbsttorte mit gelben und roten Marzipanblättern und eben auch einem Marzipanigel oben drauf. Die Torten dort waren überhaupt super verziert, es gab eine Weincremetorte mit grünen und blauen Marzipanweintrauben und eine Schokotorte mit Marienkäfern, Pferden oder Rennautos. Wenn jemand aus meiner Klasse an seinem Geburtstag so eine mitbrachte, wusste ich immer gleich, woher sie kam. Ich war aber auch nicht Felix.

»Das versteht er nicht«, sagte ich. »Er kennt keine Marzipanigel. Und keine Torte.«

Mila stand auf, im nächsten Moment bückte sie sich und hob Felix in ihre Arme. Sie war wirklich stark. »Was tust du?«

»Ich zeige ihm die Torte mit den Marzipanigeln«, sagte Mila, als wäre es das Logischste auf der Welt.

»Nein! Was, wenn er nach den Igeln schnappt und der Konditor den Sicherheitsdienst ruft?« Felix glaubte bestimmt, die Igel wären echt. Fraßen Hunde Igel? Ich war mir nicht sicher.

Enttäuscht setzte sich Mila wieder hin. Sie ließ Felix runter, er humpelte ein paar Schritte von uns weg. »Sitz!«, befahl sie ihm, und diesmal drehte er sich wirklich um und sank auf die Fliesen.

»Super«, sagte ich, »schau, er gehorcht dir«, doch Mila schien sich gar nicht zu freuen. Ich wollte sie aufheitern und wedelte mit meinem Jausensackerl. »Magst du ein Brot?«

»Ja, bitte. Mit Wurst.«

Ich hätte es ihr auch gegeben. Als ich das Sackerl öffnete, waren darin aber zwei Frischkäsebrote. Lustlos kratzte Mila den Frischkäse von ihrem Brot und stopfte ihn sich in den Mund. Das nackte Brot und die Radieschenscheiben bekam Felix.

»Hast du kein Futter für ihn?«

Sie antwortete, ohne zu schlucken: »Daf muff mam Vater erft kaufen.«

»Warum haben wir keinen Hund?«, überfiel ich Mama nachher bei der Eiswelt. »Oder wenigstens eine Katze.« Sogar ein Wellensittich oder Kaninchen wäre mir recht gewesen, Hauptsache irgendein Haustier.

»Warum fragst du das plötzlich?«

»Weil Mila …« Sie schaute mich verwundert an, da wurde mir klar, dass ich ihr überhaupt noch nie von Mila erzählt hatte. Kein Wort.

Jetzt wollte ich auch nicht damit anfangen. Es ging ja nicht um Mila, sondern darum, warum sie einen Hund haben durfte und ich nicht. »Eine Freundin von mir hat gestern einen Hund geschenkt bekommen.«

Mama seufzte. »Du weißt doch, Hunde kosten Geld.«

»Wir könnten aber einen alten kaufen, alte Hunde kriegt man billiger.«

»Alte Hunde«, sagte Mama, »müssen öfter zum Tierarzt. Und damit sie gesund bleiben, brauchen sie womöglich teures Spezialfutter.« Ich fragte mich, ob Milas Vater das wusste.

»Dann noch Spielzeug, Beißkorb und Leine«, zählte Mama auf. »Ich glaube, man muss auch Hundesteuer zahlen und irgendeine Versicherung abschließen. Und selbst wenn wir es uns leisten könnten«, ernst sah sie mich an, »was hätte denn der arme Hund davon, bei uns zu wohnen? Den ganzen Tag ist niemand daheim. Glaubst du, es würde ihm gefallen, wenn er seine Familie nur sonntags und am Abend sieht?«

»Ich könnte ihn mit ins Einkaufszentrum nehmen. Und

in die Schule.« Ich musste Mila unbedingt fragen, was sie während der Schulstunden mit Felix tat. Ob er in der Wohnung auf sie wartete oder ob sie ihn mitbringen durfte. Vielleicht hatte sie ja einen Sitzplatz an der Wand, so wie ich, und Felix lag gleich neben ihr. Nur bei Rechentests und Schularbeiten müsste er rausgehen, damit er ihr nicht mit dem Schwanz die Lösungen vorklopfte. Oder er bekäme selbst Aufgaben und ein Zeugnis. Ich stellte mir das richtig gut vor.

Mama schüttelte den Kopf. »Weißt du was«, sagte sie, »unseren nächsten Ausflug machen wir in den Zoo. Oder zur Hundespielwiese, wenn dir das lieber ist. Und bis dahin kannst du ja rüber in die Tierhandlung gehen und dir die Meerschweinchen und Kaninchen anschauen. Wir sind fast jeden Tag da, das ist praktisch so, als hättest du ein Haustier. Oder?«

»Nein«, sagte ich. Man durfte die Tiere im Geschäft ja nicht einmal angreifen. Die schönsten blieben auch nie lange.

Mama tröstete mich: »Deine Freundin lässt dich doch sicher mit ihrem Hund spielen.«

Das stimmte auch wieder. Mila und ich konnten uns Felix teilen, so wie wir uns meine Jausenbrote teilten. Dachte ich.

7

Am nächsten Tag saß Mila allein vor dem Spielzeuggeschäft. Ich schaute nach links, nach rechts und sogar kurz hinein zwischen die Regale beim Eingang, weil es ja sein konnte, dass ihr Felix abgehaut war. »Wo ist dein Hund?«

Mila knabberte an ihrer Lippe und machte dabei ein Gesicht, als wollte sie heulen.

»Ist er weggelaufen?« Sofort überlegte ich, was wir tun sollten. Wenn ein Kind abhaute, ließ man es beim Infostand ausrufen. Bei einem Hund würde das eher nicht funktionieren. Oder doch? Wir könnten Felix beschreiben und alle Leute könnten uns suchen helfen. Oder wir könnten bei den Zoogeschäften fragen, womöglich hatte ihn dort jemand abgegeben.

»Nein«, sagte Mila leise, »er ist nicht weggelaufen.«

»Was dann?« Ich setzte mich zu ihr.

»Der Mann, dem er gehört hat, wollte ihn wiederhaben. Also musste ihn mein Vater zurückbringen.«

»Zum Händler? Ihr habt Felix doch gekauft!« Wir verlangen das Eis ja auch nicht von unseren Kunden zurück.

»Schon«, murmelte Mila. »Bloß nicht bezahlt, glaube ich. Und meine Mutter mag keine Hunde, sie ist allergisch.«

»Wusste das dein Vater nicht?«

»Nein!«, fauchte Mila. »Es war eine Überraschung.« Sie starrte auf ihre Turnschuhe und schniefte. Einen Hund zu bekommen und ihn dann gleich wieder weggeben zu müssen, war sicher schlimmer, als nie einen gehabt zu haben.

»Magst du ein Stück Herbsttorte mit einem Marzipanigel?«

Sie riss den Kopf herum. »Du kaufst mir ein Stück Torte?«

»Ausnahmsweise. Nur weil …« Mila wandte sich wieder ab. Ich hatte schon gesehen, dass ihre Augen nass waren.

»Warte hier.« Ich sprang auf und lief rüber zur Konditorei. Während ich mich hinter einem alten Ehepaar anstellte, kramte ich mein Geld aus den Taschen. Ich wusste zwar, welche Torten es gab, aber nicht, wie viel sie kosteten. Wir kauften nie Torte, wozu auch? Wir hatten ja Eis. Für Geburtstagsfeiern machte Mama Bananenschnitten oder Biskuitrouladen mit Erdbeermarmelade. Ohne Marzipantiere drauf, aber sie schmeckten gut.

Ich hatte einen Euro und ein Fünfzig-Cent-Stück in der linken Hosentasche. In der rechten zwanzig Cent. Hoffentlich würde das reichen, aber ich dachte mir schon, dass es wahrscheinlich nicht reichen würde. Warum hatte ich Mila nicht auf ein Eis eingeladen?

Oder eine Pizza. Wir haben in der Eiswelt zwei Nachbarn, die Trafik und den Pizza-Freddy. Der Trafikant ist ein alter Griesgram, der Pizza-Freddy ist auch alt, aber nett. Er winkt, wenn er mich sieht, und er nennt mich »Kleiner« oder »oğlum«, was anscheinend Türkisch ist und auch »Kleiner« bedeutet. Er hätte mir sicher ein Stück Pizza für Mila gegeben, obwohl es meinen Eltern nicht recht gewesen wäre, wenn ich gefragt hätte.

Oder ich hätte Mila ein Stück Eispizza spendieren können, die machen wir, obwohl sie kaum jemand bestellt: dreieckige Waffeln, auf jeder eine Kugel Eis und ein paar Eisspaghetti, die wie Pizzakäse aussehen.

Das Ehepaar vor mir ging weg. Der Mann hatte eine Kuchenschachtel in der Hand. »Entschuldigen Sie bitte, was kostet ein Stück Herbsttorte?«, fragte ich die Frau hinter der Vitrine.

»Drei fünfzig.«

Das war zu viel. Sollte ich zur Eiswelt rennen und meine Mutter um mehr Geld bitten? Sie würde sicher fragen, wofür ich es brauchte. Wenn ich sagte, dass ich ein Stück Torte kaufen wollte, würde sie es mir nicht geben. Und wenn ich sagte, dass ich Mila ein Stück Torte versprochen hatte, müsste ich erst einmal erklären, wer Mila war. In der Zwischenzeit haute Mila womöglich ab.

Während ich überlegte, sah ich die Igel. Marzipanigel

wie auf der Torte, sie saßen auf einem silbernen Tablett und davor war ein Schild, auf dem 1,- stand. »Einen Marzipanigel, bitte.« Die Frau nahm mit einer Zange einen Igel vom Tablett und steckte ihn in ein Papiersäckchen.

»Ist da Torte drin?«, fragte mich Mila, als ich ihr das Säckchen brachte.

»Nur ein Igel. Für die Torte hatte ich zu wenig Geld.« Mila schüttelte den Igel aus dem Säckchen. Auf ihrer Hand sah er plötzlich viel kleiner aus als auf dem Tablett und ich ärgerte mich ein bisschen, dass ich einen ganzen Euro dafür bezahlt hatte.

Sie stupste seine Mandelstacheln an, hob ihn vor ihr Gesicht und schnupperte. »Er riecht nach …«

»… Marzipan?« Ich roch sonst nichts. Ich habe keine so feine Nase. Meine Mutter schon, darum ist sie auch gut darin, neue Eissorten zu erfinden. Als ich kleiner war, hat mir eine Nachbarin ein Riesensackerl Gummibärchen geschenkt. Das habe ich heimlich unter mein Bett geschoben. Am Abend hat Mama »Schlaf gut« gesagt und dann: »Warum riecht es hier nach Gummibärchen?« Sie hat das Sackerl sofort gefunden, obwohl es ganz hinten an der Wand lag.

Papa hat auch keine feine Nase. Darum sagt uns Mama, wann wir baden oder duschen müssen und wann es höchste Zeit ist, alle herumliegenden Socken in die Wäschetonne zu stopfen.

»Das wusste ich nicht«, flüsterte Mila.

»Dass ein Marzipanigel nach Marzipan riecht?«

»Wie Marzipan riecht.« Sie lächelte mich an. Dann steckte sie den Igel in den Mund. Ich sah ihr zu, wie sie darauf biss und ihn mit der Zunge hin und her schob.

»Hast du denn noch nie Marzipan gekostet?«

Mila öffnete den Mund. Ich bekam ein bisschen Angst, der zerkaute Igel würde rausfallen, und noch mehr Angst, dass sie ihn dann aufheben und trotzdem essen würde.

»Nein.« Sie schluckte und sah enttäuscht aus, weil von dem Marzipangeschmack nichts mehr da war. »Aber es ist gut.«

Ich musste plötzlich an die Sache mit den Engeln und der Religionslehrerin denken. Womöglich war Marzipan ja auch so etwas wie ein Engel, wenn es Mila dadurch besser ging.

Und gleich fiel mir noch etwas ein. Ein Engel, den ich kannte. Der dafür sorgen würde, dass es Mila besser ging.

Ganz oben im Einkaufszentrum, über dem Platz mit dem Brunnen, ist ein Kino. Sieben Säle, einer sogar mit 3D und allem Drum und Dran. Natürlich kostet Kinogehen noch mehr als Torte, ich hätte mir nicht einmal eine Karte leisten können, geschweige denn zwei. Aber heute war Dienstag und ich wusste, dass Paul als Platzanweiser arbeitete. Paul ist mein Cousin. Meine Mutter hat ihm den Job im Kino verschafft.

Ich rannte mit Mila zur großen Anzeigetafel auf dem Platz mit dem Brunnen. Mich interessierten nur die Filme in Saal fünf bis sieben, dort hatte Paul Dienst. In Saal fünf lief ein Actionfilm, der war erst ab sechzehn. Der Zeichentrickfilm in Saal sechs war aber jugendfrei und würde in ein paar Minuten anfangen.

Wir rannten auf der Rolltreppe nach oben und gleich zu den Sälen. Paul stand vor Saal sechs. »Was jetzt?«, fragte mich Mila.

»Warten wir.« Eine Familie mit zwei Kindern marschierte an uns vorbei, Paul schaute sich ihre Karten an und winkte sie durch. Danach kam niemand mehr.

»Jetzt«, flüsterte ich und lief mit Mila hin. Drinnen hörte ich schon die Werbung vor dem Film. »Hallo, Paul.« Mila wich einen Schritt zurück, als wollte sie sich hinter mir verstecken.

Paul erkannte mich. »Hallo, Zwerg.« Er grinste.

Ich holte tief Luft. »Lässt du uns bitte rein?«

Paul schaute rüber auf das Plakat neben dem Saaleingang. »Der Film ist jugendfrei«, sagte ich.

»Na dann«, sagte Paul. Er streckte den Kopf durch die Tür und zählte kurz die Kinobesucher, bevor er sich wieder zu uns umdrehte. »Ist eh wenig los. Lasst euch aber nicht erwischen, sonst kriege ich Ärger.«

»Alles klar. Danke!« Ich zog Mila in den Saal.

Er war klein, zehn Reihen oder so, und das einzige Licht kam von der Leinwand. Mila schaute sich mit großen Augen um. Gerade lief eine Werbung für Cornflakes. Zwei Kinder aßen welche, dann sprang ein Zeichentrick-Seehund in ihre Schüsseln und futterte ihnen die Cornflakes weg. Ich kannte die Werbung schon.

Mila nicht. Sie glotzte. Warst du nie im Kino?, wollte

ich sie fragen. Und warum. Ob ihre Eltern denn gar kein Geld hatten und ob kein anderes Kind sie je zu einer Geburtstagskinovorstellung eingeladen hatte. So etwas fragt man aber nicht, also zupfte ich sie nur am Ärmel. »Komm, suchen wir uns einen guten Platz.«

Mila lief in die erste Reihe. Sie setzte sich ganz außen hin, dann sprang sie auf, sank auf den Platz daneben und stöberte in ihrer Tasche. Die guten Plätze waren eher hinten und in der Mitte, aber sie lächelte mich so glücklich an, dass ich nichts sagte.

»Motz, pass schön auf«, befahl sie. Ich dachte zuerst, sie würde mit mir reden, bis ich den Schlenkerelefanten auf dem Platz neben ihr liegen sah.

»Dein Elefant heißt Motz?«

Mila nickte. »Das ist der beste Name«, flüsterte sie zurück.

»Warum?«

»Weil du mein Freund bist.« Sie sagte das einfach so.

Mir wurde richtig komisch zumute. Ich glaube, ich fühlte mich geehrt. Das hatte ich schon manchmal in einem Buch oder in der Zeitung gelesen, dass sich jemand geehrt fühlte, aber ich hatte nie gewusst, wie es war. Bis jetzt. Ich fühlte mich stolz und glücklich und gleichzeitig tat mir Mila ein bisschen leid. Weil ich mir denken konnte, dass sie keine anderen Freunde hatte, sonst wäre Motz ja nach einem von denen benannt. Keinen Daniel, keinen Rudi, keine Lisa und Laura, keinen Jürgen.

Ein paar Reihen hinter uns saßen ein Bursche und ein

Mädchen, die Popcorn aus riesigen Bechern aßen. Ich roch das Popcorn, obwohl ich keine so feine Nase habe. Als ich auf den Boden unter unseren Sitzen schaute, begriff ich auch warum. Da lag nämlich noch zertretenes Popcorn von der letzten Vorstellung.

Mila sprang plötzlich auf und marschierte zu der Mülltonne gleich neben der Tür. Sie angelte sich einen zerdrückten Becher, steckte ihre kleine, dünne Hand hinein und klopfte ihn aus, bis er wieder gut stand. Dann lief sie in die zweite Reihe und verschwand unter den Sitzen. Ich kapierte erst, was sie vorhatte, als ihre Hand zwischen meinen Füßen auftauchte und das Popcorn aufsammelte.

»Was tust du?«

»Ich besorge uns was zu essen.« Sie kam zurück und setzte sich neben mich. Der Becher auf ihrem Schoß war voll.

Ungläubig schaute ich ihr zu, wie sie eine Popcornfaust zum Mund hob, kaute und schluckte. Sie musste bemerken, dass ich sie anstarrte, und drehte den Kopf. Sofort tat ich, als interessierte mich nur der Film. Der fing nämlich gerade an.

Nach ein paar Minuten tauchte Milas Hand mit dem Popcorn vor meiner Nase auf. »Magst du?«

Das Popcorn war voller Teppichfusseln und außerdem ziemlich zerquetscht, als hätte es jemand zertrampelt. »Nein, danke«, flüsterte ich. Mila musste die Teppichfusseln doch sehen.

»Ich teile gern mit dir.«

»Nein, danke«, wiederholte ich. »Iss ruhig alles.«

Der Film war lustig, aber ich konnte mich nicht so recht konzentrieren. Hauptsächlich schaute ich rüber zu Mila. Sie steckte sich immer wieder eine Faust voller Popcorn in den Mund, kaute und schluckte und strahlte dabei, als hätte sie nie etwas Besseres gegessen als das zertrampelte Popcorn voller Teppichfusseln.

Nach dem Film blieb sie sitzen, bis das Licht anging. »Wir müssen los, sonst erwischt uns noch jemand«, warnte ich sie. Im Nu war Mila auf den Beinen. Sie schnappte sich Motz, den Schlenkerelefanten, und wir liefen raus.

»Ich habe Durst.«

»Dort bei der Kasse …«, fing ich an, aber Mila eilte an mir vorbei. Sie riss die Tür zum Damenklo auf und verschwand.

Ich wartete und überlegte, was jemand, der Durst hatte, drinnen tat. Bis mir einfiel, dass sie wahrscheinlich aus dem Waschbecken trank. Das machte Sinn.

Mila kam zurück. Sie wischte sich mit Motz' Rüssel die Lippen ab. »Danke«, sagte sie und schaute mich ernst an. »Für den Marzipanigel. Und das Kino. Das war … das war der schönste Tag in meinem Leben.«

8

Ein paar Tage später teilten wir uns wieder meine Jause. »Hat deine Mutter nichts für dich mit?«, fragte ich.

Mila schüttelte den Kopf. »Sie ist daheim, sie schläft.«

Es war Samstag. Die meisten Leute haben samstags frei. Auch die in Papas Firma, darum kommt er und hilft Mama in der Eiswelt.

»Heißt das, du bist heute ganz allein?«

»Natürlich nicht. Ich begleite meinen Vater.«

»Er arbeitet auch hier?« Ich wusste nichts über Milas Vater. Nur dass er ihr einen Hund geschenkt und ihn ihr am nächsten Tag wieder weggenommen hatte.

»Schon. Irgendwie.« Sie kaute auf ihrer Lippe. »Er ist Fernfahrer. Warst du schon mal auf dem Lastwagenparkplatz hinter dem Einkaufszentrum?« Als ich ihr sagte, dass ich den Parkplatz zwar kannte, aber noch nie dort gewesen war, sprang sie auf. »Komm, ich zeige ihn dir.«

Der Parkplatz für die Lastwagen lag neben dem großen für die Besucher. Eiskalte Herbstluft blies uns durch den Hinterausgang des Einkaufszentrums entgegen und ich dachte, dass Mila schlauer war als ich, weil sie überallhin ihre Jacke mitnahm.

Sie drehte sich um. »Worauf wartest du?«

»Ich darf nur im Einkaufszentrum gehen, wohin ich will.«

»Der Parkplatz gehört doch zum Einkaufszentrum.« Sie

hatte recht und ich kannte mich dort ja aus, Mila sogar noch besser. Also lief ich mit ihr auf den Parkplatz.

Drei Lastwagen standen bei der Laderampe. Aus einem holten ein paar Männer mit Handstaplern Getränkekisten. »Wo ist dein Vater?«

Mila deutete auf den Lastwagen mit den Getränkekisten. Einer der Männer kletterte in die Fahrerkabine, drückte einen Knopf und sprang vom Trittbrett. Er trug Jeans und ein blaues Hemd.

»Welcher?«

»Der mit dem blauen Hemd.«

Ich rannte los.

»Wo willst du hin?«

Ich blieb stehen und drehte mich um. »Na, ihm Hallo sagen.«

»Nein!«, rief Mila. Sie war blitzschnell bei mir, packte meinen Pulloverärmel und hielt mich fest. »Das darfst du nicht.«

»Warum denn nicht?«

»Weil … weil er bei der Arbeit nicht gestört werden will. Und er mag auch keine neuen Leute kennenlernen, vor allem keine Kinder.«

Der Mann im blauen Hemd stieg wieder in die Fahrerkabine. »Er ist jetzt fertig«, sagte Mila, »und er hat mir versprochen, dass wir gleich wegfahren. Ich muss los. Sehen wir uns morgen?«

»Morgen ist Sonntag.« Ein bisschen komisch kam mir das mit ihrem Vater schon vor. Warum durfte ich ihn nicht kennenlernen? Dann fiel mir ein, dass ich meinen Eltern ja auch nichts von Mila erzählt hatte.

»Ich meine übermorgen, sehen wir uns übermorgen?« Sie schaute mich bittend an.

»Na klar.«

Ich beobachtete, wie sie über den Parkplatz lief und hinter dem nächsten der drei Lastwagen verschwand. Mir war kalt, also drehte ich mich um und lief zurück ins Einkaufszentrum, statt zu warten, bis der Fernfahrer mit dem blauen Hemd Mila in die Arme schloss. Was schade war. Wenn ich geblieben wäre, hätte ich wahrscheinlich etwas Wichtiges gesehen und kapiert. Aber ich blieb ja nicht.

Ich ging zurück in die Eiswelt. Papa sagt, an Samstagen ist dort die Hölle los. »Man sagt nicht ›Hölle‹«, sagt meine Mutter dann, aber es stimmt. Sie stand hinter der Vitrine und strich mit dem Portionierer Eiskugeln in die Waffeltüten, ruckzuck, eine nach der anderen. Erdbeer und Schoko waren aus, Vanille auch fast. Heute musste ich niemandem ein Eis empfehlen, weil die Schlange vor der Vitrine quer über den Platz reichte.

Bei der Budel kam mir Papa entgegen, er hatte zwei volle Eisschalen in der Hand. Erdbeer und Schoko. »Vanille ist auch fast aus«, sagte ich.

Er brachte Mama die Eisschalen, ich holte inzwischen das Vanille aus der Gefrierkammer. Nachdem er es rüber zu Mama getragen hatte, stand er hinter der Budel und ließ für die Gäste den Kaffee aus der Maschine herunter.

Ich schabte mit unserem zweiten Portionierer noch ein paar Kugeln Vanille aus der fast leeren Schale und tat sie für den Eiskaffee in hohe Gläser. Den Rest aß ich.

Papa kassierte und sagte zu mir: »Ich habe gehört, du hast eine Freundin. Gratuliere.« Er zwinkerte mir zu.

Was meinte er? Ich war doch nicht verknallt, noch dazu in ein Mädchen. Also nicht dass ich stattdessen in einen

Buben verknallt gewesen wäre, ich war überhaupt in niemanden verknallt. »Wir sind ganz normal befreundet.«

»Das will ich hoffen. Glaub mir, der Ärger mit den Frauen fängt früh genug an.« Papa grinste und schaute sich dabei um, ob Mama ihn gehört hatte. Wenn er so etwas zu ihr sagt, kriegt er nämlich einen Klaps auf den Arm. Er meint es auch nicht böse, sonst hätten er und Mama ja nie geheiratet oder wären längst geschieden.

Womöglich, fiel mir ein, waren Milas Eltern geschieden. Das klang logisch. Deswegen hatte Milas Mutter ihr keine Jause mitgegeben, weil Mila gar nicht daheim übernachtet hatte, sondern bei ihrem Vater.

Papa fragte mich: »Magst du mir von deiner Freundin erzählen?«

»Sie heißt Mila. Ihre Mutter ist Putzfrau und ihr Vater Fernfahrer, er liefert für den Getränkegroßhandel Maier ins Einkaufszentrum.« Das mit dem Getränkegroßhandel ist auf dem Lastwagen gestanden.

»Maier hat doch das Auslieferungslager gleich in der Stadt«, sagte Papa. »Wenn einer zwischen dort und da hin und her tingelt, ist er kein Fernfahrer, höchstens ein Nahfahrer.« Er lachte.

Das mit dem Fernfahrer kam von Mila. Wahrscheinlich wusste sie es nicht besser. Oder sie sagte lieber »Fernfahrer« als einfach »Lastwagenfahrer«, weil Fernfahrer nach Urlaub klang und Lastwagenfahrer eher nach Mülldeponie oder Baustelle.

Es gab natürlich eine andere Möglichkeit. Dass Mila log.

Aber das hätte sie nicht getan, mich angelogen, meine ich. Oder? Ich war ihr Freund.

Papa legte mir eine Hand auf die Schulter. »Was ist los, du Obermotz?« Ein Obermotz ist bei Computerspielen der Endgegner, aber Papa nennt mich so, weil ich Moritz heiße. Eltern dürfen einem komische Spitznamen geben.

»Nichts«, sagte ich. Es konnte mir ja egal sein, ob Milas Vater Nah- oder Fernfahrer war. Oder Eisverkäufer oder Konditor oder Schauspieler oder Geheimagent. Ein Geheimagent, der sich als Fernfahrer ausgab. Oder ein Schauspieler, der einen Geheimagenten spielte, der sich als Fernfahrer ausgab. Ich war nicht mit Milas Vater befreundet, sondern mit Mila.

Die jeden Tag dasselbe rote Kleid trug und Zimteis mit Honig mochte. Die noch nie Marzipan gegessen hatte oder im Kino gewesen war. Die sich Popcorn vom Boden und zerkauten Marillenkuchen in den Mund stopfte und manchmal einfach so »Gurkensalat« sagte. Die genau einen Tag lang einen Hund gehabt hatte.

Ich wusste alles über Mila. Dachte ich.

9

Als wir das nächste Mal beim Platz mit dem Brunnen waren, hörte ich meinen Namen. »Hey, Motz!« Jürgen stand auf den Stufen und winkte. Lisa und Laura winkten auch. Sie hatten Mila und mich schon gesehen. Wenn wir jetzt weggegangen wären, hätten sie sicher geglaubt, wir wären auf sie sauer. Und ich war nicht sauer, nicht wirklich. Obwohl ich nicht gern an die Sache mit dem Marillenkuchen dachte.

Wir schlenderten also rüber. »Grüß dich, Moritz«, sagte Lisa. Jürgen nickte mir zu und Laura murmelte »Hallo«. Niemand sagte irgendetwas zu Mila. Sie stand halb hinter mir. Sobald ich mich ein bisschen zurücklehnte, spürte ich ihre dünne, knochige Schulter.

Jürgen kniff sich mit zwei Fingern die Nase zusammen. »Echt, wie hältst du das aus?«

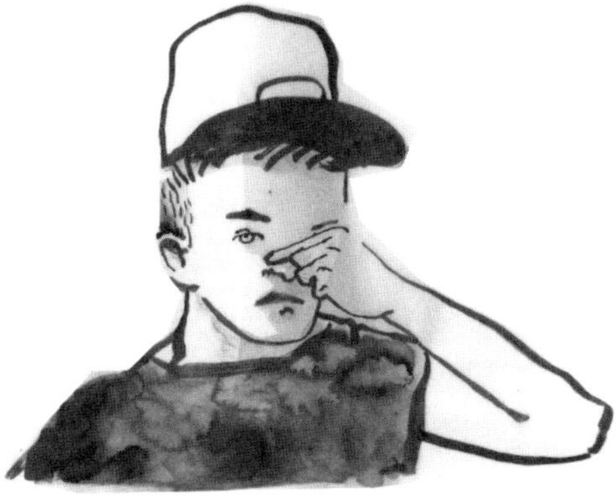

»Wie halte ich was aus?«

»Na, sie.« Er deutete auf Mila, und Lisa sagte: »Die Stinke-Mila.«

Ich hatte mit Spitznamen nie ein Problem. Die anderen Buben in meiner Klasse nennen mich ab und zu »Eismann« wegen der Eiswelt oder »Mister Freeze« wie in den Comics, aber das finde ich beides nicht so schlimm. »Stinke-Moritz« zu heißen, wäre was anderes.

Ich drehte mich um. Komm, wollte ich sagen, gehen wir. Die spinnen heute. Aber irgendwie bekam ich den Mund nicht auf. Mila schaute mich so an, als hätte ich sie verraten. Als wäre ich der fieseste Schurke der Welt. Sie rannte weg, im Nu war sie zwischen den Leuten verschwunden.

»Gott sei Dank«, ätzte Jürgen. »Jetzt kann man endlich wieder atmen.« Sein Vater ist wie gesagt der Pommeskönig. Und die Pommes sind Weltklasse, darum glaubt Jürgen, dass er auch Weltklasse ist. Das stimmt aber nicht. »Wenn ich so wie du mit der Mistkübel-Mila abhängen müsste, würde mir glatt die Nase abfallen.«

»Warum nennst du sie Mistkübel-Mila?«

»Weil sie wie ein Mistkübel aussieht. Und wie einer stinkt.«

»Sie sieht überhaupt nicht wie ein Mistkübel aus!«, rief ich.

»Das war doch ein Witz«, mischte sich Lisa ein. »Sie heißt Mistkübel-Mila, weil sie Sachen aus den Mistkübeln nimmt.« Ich dachte mir wieder einmal, dass Lisa zu viel redete und dass es kein Wunder war, wenn ich Laura lieber mochte als sie. »Jeden Tag kommt sie zu dem Mistkübel vor der Bäckerei. Einmal hat sie ein halbes Croissant herausgeholt, Laura und ich haben sie gesehen. Wir sind uns sicher, sie hat es gegessen.«

Ich war mir auch sicher, dass Mila das Croissant gegessen hatte. So wie das Popcorn im Kino. War das an dem Tag gewesen, als ein Bursche mit einem Totenkopfleibchen ihre Jause weggeworfen hatte? Ich wollte Lisa gerade erklären, dass Mila wahrscheinlich deshalb in den Mistkübel gegriffen hatte, weil ihr Essen drin gewesen war. Da flüsterte Laura: »Sie stinkt aber wirklich wie ein Mistkübel.«

Plötzlich mochte ich Laura auch nicht mehr so gern. »Körpergeruch ist kein Grund, jemanden zu ärgern«, sagt meine Mutter immer. Genauso wenig wie eine große Nase oder dass jemand dick ist oder schlecht in der Schule. Dass Jürgen glaubt, er wäre Weltklasse, dass Lisa zu viel redet und dass Laura nur den Mund aufmacht, wenn ihre Schwester dabei ist. Jeder hat Fehler. Darüber Witze zu reißen ist gemein.

Ich kapierte, dass Jürgen und Lisa gemein waren. Laura auch. Vielleicht ein bisschen weniger gemein.

Ich drehte mich um und ging weg. Stinke-Mila, dachte ich. Mistkübel-Mila. Abwechselnd bei jedem Schritt. Ich hatte wie gesagt mit Spitznamen immer Glück. Paul nennt mich »Zwerg«, aber so nennt er alle, die kleiner sind als er. Daniels Vater nennt ihn manchmal »Ding-Dong-Danny«, das ist auch komisch, aber immer noch besser als »Mistkübel-Mila«.

Ich suchte Mila nicht so richtig, ich wusste ja, wo ich sie finden würde. Dachte ich. Aber sie saß nicht vor dem Spielzeuggeschäft, auch nicht im Gang bei den Klos. Ich wollte schon mit der Rolltreppe rauf ins Kino fahren oder hinaus zur Lastwagenrampe gehen, da sah ich sie. Nicht weit vom Glaskuppelplatz ist ein Kostümgeschäft, gerade hatten sie dort Halloweensachen in der Auslage. Milas rotes Kleid passte gut zu dem Skelettanzug und den Vampirumhängen.

Ich setzte mich neben sie. Mila drehte sich um und tat so, als interessierte sie der Skelettanzug. Sie murmelte: »Geh weg.«

»Wo soll ich denn hingehen?« Daniel sagt manchmal: »Geh zur Hölle«, das hat er aus einem Film, aber er meint es nicht böse. Er sagt es auch nicht direkt zu mir, mehr so

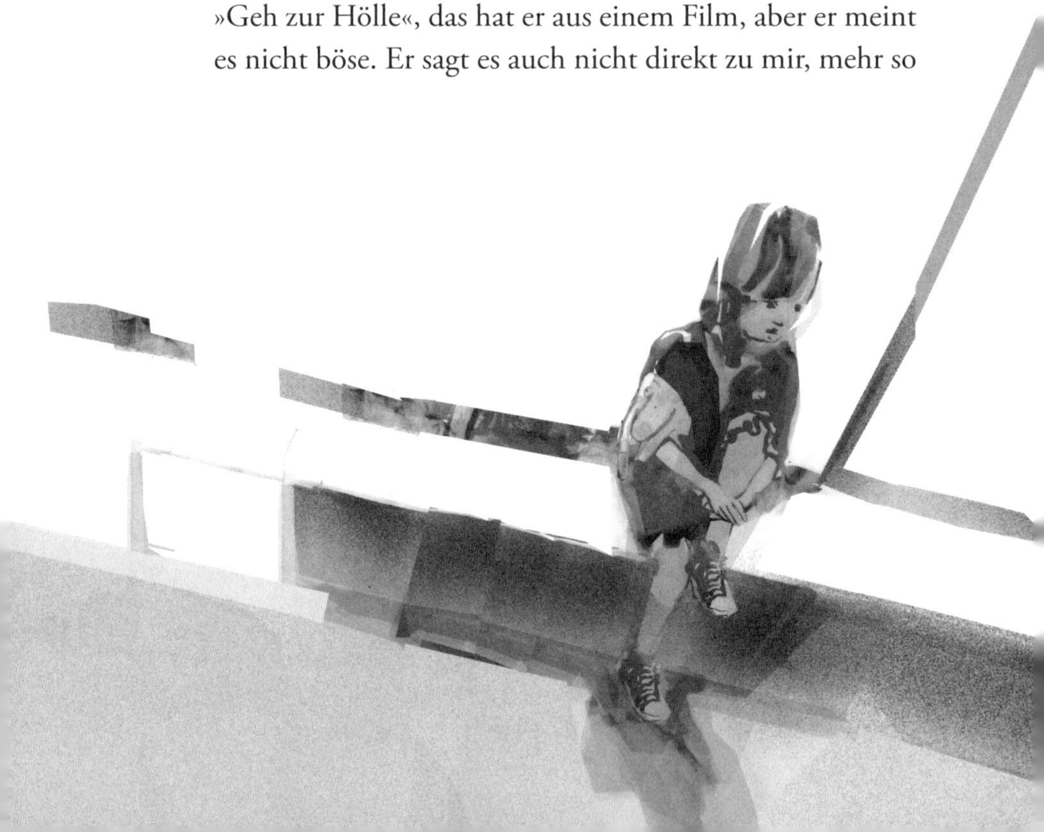

in Richtung seiner Playstation, wenn wir gemeinsam spielen: »Geh zur Hölle, das war mein letztes Leben.«

»Zu deinen Freunden«, sagte Mila. »Geh weg zu deinen Freunden.« Sie klang traurig. Hinter ihr war ein Schacht mit einem Gitter, warme Luft strömte heraus. Und plötzlich roch auch ich den Gestank, der Mila umgab.

Mein Vater geht zweimal in der Woche joggen. Er schwitzt dabei ziemlich viel. Ich schwitze, wenn wir in der Schule turnen. Aber das hier, dieses Gemüffel, war alter Schweiß. Alter Schweiß ist etwas anderes als frischer, alten Schweiß rieche sogar ich, weil alter Schweiß stinkt. Nicht so wie Papa nach dem Joggen oder ich nach dem Turnen, eher wie mein Turnsackerl zum Schulanfang, wenn ich vor den Sommerferien vergessen habe, es auszuräumen.

Dass Mila nach altem Schweiß roch, wunderte mich ein bisschen. Weil ihre Mutter doch Putzfrau war, man sollte also meinen, bei ihr daheim wäre alles picobello sauber. Ich wusste aber, dass das nicht immer so funktionierte. In meine Klasse geht zum Beispiel einer, dessen Eltern sind beide Lehrer. Man könnte also glauben, der wäre in allen Fächern der Beste, aber tatsächlich ist er meistens einer der Schlechtesten. Vielleicht musste Milas Mutter ja im Einkaufszentrum so viel putzen, dass sie daheim keine Lust mehr hatte und nur vor dem Fernseher saß.

Mila zupfte an einem Faden ihrer Jacke. »Warum bist du nicht bei deinen Freunden?«

»Bin ich doch.« Sie riss den Kopf herum, als hätte sie Angst, die Bäckerzwillinge und Jürgen könnten aus der

Auslage springen. »Ich bin bei dir, weil du meine Freundin bist. Egal was die anderen sagen.«

»Du findest mich genauso bescheuert«, murmelte Mila.

»Tue ich nicht.« Das stimmte auch, Mila war eine Seltsamsorte Mädchen, aber ich mochte sie. »Ich finde dich … anders.« Und ich versuchte ihr das mit den Seltsamsorten zu erklären. »Es ist wie beim Eis. Von zehn Leuten, die zu uns kommen, wollen sechs Erdbeereis und drei Vanille oder Schokolade. Fast niemand will das Zimteis mit Honig, aber das heißt nicht, dass mit dem Zimteis mit Honig irgendetwas nicht stimmt. Wenn ich dich bescheuert finden würde, wärst du für mich kein Zimteis mit Honig, sondern«, ich überlegte, »Brokkoli-Spargel-Gurkeneis. Oder Spaghettieisspaghetti.«

»Pizzaeispizza«, sagte Mila. »Mit Schinkenspeck und Schokolade.«

»Spinateis mit Heidelbeeren.«

»Und Gurkensalat.« Ein rasches Milalächeln huschte über ihre Lippen. Ich war ein bisschen stolz auf mich, und gleichzeitig hatte ich wahnsinnigen Hunger auf Eis.

»Ich hole mir ein Eis«, sagte ich. »Magst du mitkommen? Du kriegst auch eines. Umsonst, meine ich.«

»Wirklich?«

»Ja.« Hoffte ich. Notfalls würde ich Mila eben meine Eisstricherl für morgen schenken, versprochen war versprochen.

Trotzdem dachte ich kurz, sie würde Nein sagen. Dann sprang sie auf und nickte ernst. »Ich komme mit.«

Wir gingen also zur Eiswelt. »Das ist Mila«, sagte ich zu meiner Mutter. »Kriegt sie bitte ein Eis?« Ich hätte vielleicht auch noch gesagt, dass sie deshalb eines verdiente, weil die anderen Kinder so gemein zu ihr gewesen waren. Aber Mama schaute sich Mila an und lächelte.

»Ich glaube, ich habe für dich was Besseres. Setzt euch ruhig ins Café rein.«

Weil nicht viel los war, führte ich Mila zu meinem Lieblingsplatz in einer Nische. Dort kann man sich alle Gäste anschauen, ohne dass die es bemerken. Milas Augen wurden groß wie im Kino, dabei ist unser Café wirklich nichts Besonderes. Andere Lokale im Einkaufszentrum haben verspiegelte Wände oder Tapeten, die wie Holz aussehen. Es gibt sogar eines mit Palmen und Papageien, bei dem man glaubt, man säße im Urwald. Wir haben bloß orange gestrichene Wände und ein paar Fotos von Mamas und Papas Hochzeitsreise nach Italien.

Meine Mutter brachte uns heiße Schokolade. Mila flüsterte: »Danke.« Sie hielt ihren Becher in beiden Händen und trank ihn fast in einem Zug aus. Beim Absetzen hatte sie Schlagobers um den Mund.

»Darf ich dir nachschenken?« Ich wusste, dass Mama mit ihrer sehr feinen Nase Milas Gemüffel roch. Sie sagte aber nichts.

Milas Hände umklammerten den leeren Becher. »Ja, bitte«, murmelte sie. »Gerne.«

Also nahm ihn Mama und ging damit zur Maschine. Beim Zurückkommen hob sie die Hand, als wollte sie

Mila streicheln. Sie tat es nicht, trotzdem musste ich plötzlich daran denken, wie wir einmal bei einem Tag der offenen Tür im Tierheim gewesen waren. Es gab dort einen Hund, der meiner Mutter nachlief. Sie und Papa überlegten sogar schon, ob sie ihn mitnehmen sollten, obwohl er sehr groß und auch nicht ganz gesund war. Beim Ausgang hatte sie sich gebückt und ihm die Ohren gekrault. Der Hund hatte mit dem Schwanz gewackelt, weil er geglaubt hatte, dass sie bald wiederkommen und ihn holen würde, aber meine Mutter hatte da schon gewusst, dass es ein Abschied für immer war. Der Hund hatte es aber natürlich nicht gewusst. Das fiel mir plötzlich wieder ein.

Meine Mutter schaute Motz an, den Schlenkerelefanten. Er lag zwischen uns auf dem Tisch, sodass man gut sah, wie zerschlissen er war und wie viele Flecken er hatte. »Soll ich ihn für dich waschen?« Ich fragte mich, womit sie das tun wollte, wir hatten hier ja keine Waschmaschine. Würde sie ihn in den Geschirrspüler stecken?

Mila schüttelte den Kopf. Sie schnappte sich Motz und presste ihn an ihre Brust.

»Du kannst ihn auch selber waschen, wenn du möchtest. Und wir legen ihn auf die Heizung, da ist er im Nu wieder trocken.«

Mila drückte Motz fester an sich.

Meine Mutter ging, ohne noch etwas zu sagen. Sie kam mit den Fundsachen zurück. Manchmal vergisst jemand seine Jacke in der Eiswelt und wir heben sie auf, bis er sie abholt. Das klappt meistens, nicht immer. Eine blaue Cordjacke mit einem karierten Innenfutter lag seit Anfang September bei uns herum. Sie war alt und nicht sehr schön, aber schöner als Milas schwarze Jacke. Sie sah auch wärmer aus. Und größer. Das Kind, dem sie gehört hatte, war bestimmt älter als neun.

Mila riss die Augen weit auf, als ihr meine Mutter die Jacke anbot. »Für mich?«, flüsterte sie, als könnte sie es gar nicht glauben. Mama gab ihr auch ein rosa Stirnband dazu. Die neue Jacke reichte Mila bis zu den Knien. Ehrfürchtig strich sie über den Cordstoff und ich musste an die Frage der Religionslehrerin damals mit den Engeln denken. Vielleicht war meine Mutter ja doch ein Engel. Die Idee kam mir noch immer komisch vor, irgendwie fühlte sie sich aber auch richtig an.

Mila sagte Danke für die Jacke, für das Stirnband und noch einmal für den Kakao. Und plötzlich wünschte ich mir, dass wir sie mit nach Hause nehmen könnten. Hoffnungsvoll schaute ich meine Mutter an.

»Mila«, begann sie sanft, »möchtest du vielleicht deine Eltern fragen, ob du einmal mitkommen und uns daheim besuchen darfst?«

Ich las die Antwort in Milas Gesicht wie auf einem der Werbebildschirme im Einkaufszentrum. Freude. Hoffnung. Dann Misstrauen, Angst. Das »Ja, ich mag« flackerte und wurde zu einem »Nein, ich mag doch nicht«.

»Ich muss gehen, meine Mutter wartet.« Schon war sie weg. In ihrer neuen Jacke, die alte schwarze in einer und Motz, den Schlenkerelefanten, in der anderen Hand.

Mama schaute ihr nach und sagte leise: »Mit dem Mädchen stimmt etwas nicht.« Ich glaube, sie wollte nicht, dass ich das hörte.

Ich habe zwar keine feine Nase, aber gute Ohren. »Warum sagst du so was?« Für einen Moment bekam ich Angst, dass Mama auch über Mila lachen und sie »Mistkübel-Mila« nennen würde.

Mama fragte mich: »Weißt du, was ihre Mutter tut?«

»Sie ist Putzfrau. Und weil sie so viel arbeitet, hat sie

keine Zeit, auch daheim zu putzen.« Das wusste ich zwar nicht sicher, es klang aber logisch.

Meine Mutter schaute mich zweifelnd an. »Sie putzt«, wiederholte ich, und Mama seufzte und sagte nichts mehr.

10

Zu Allerheiligen und Allerseelen hatten wir schulfrei. Das Einkaufszentrum war zu Allerheiligen geschlossen, zu Allerseelen nicht. Daniel und Rudi kamen mich besuchen. Wir rannten auf den Rolltreppen um die Wette. Das geht nur, wenn gerade keine Leute dort sind oder wenigstens nicht viele. Daniel ist außerdem größer als ich und hat superlange Beine. Wobei klein sein manchmal auch Vorteile bringt, weil es mir leichter fällt, mich irgendwo durchzuschlängeln.

Wir veranstalteten auch andere Rennen. Zum Beispiel mit der Rolltreppe beim Glaskuppelplatz ins Untergeschoß, an den Luxusgeschäften vorbei und mit dem Lift rauf zur Anzeigetafel auf dem Platz mit dem Brunnen. Zuerst Daniel, dann ich. Rudi stoppte unsere Zeit.

Nachher tranken wir in der Eiswelt heiße Schokolade und aßen Eisspaghetti wie ganz normale Gäste. Bloß dass die Gäste keinen Kakao tranken, sondern meistens den Eiskaffee mit Karamelleis, der bei uns »Eiskaffee Spezial« heißt.

Für das Karamelleis hat meine Mutter einen Preis gewonnen. Und zwar von einer Zeitung, die wissen wollte, welches das beste Eis der Stadt ist. Man konnte einen Stimmzettel ausschneiden und einschicken. Ich habe für Mamas Karamelleis gestimmt. Mein Vater genauso, bloß bin ich mir ziemlich sicher, dass er mehr als einen Zettel ausgefüllt hat. Ich habe ihn nämlich einmal mit einem ganzen Stapel Zeitungen unter dem Arm erwischt. Aber die Leute mögen das Karamelleis wirklich, sicher haben also nicht nur wir beide dafür gestimmt.

»Du hast echt so ein Glück«, sagte Rudi, »dass deine Eltern Eisverkäufer sind.« Sein Vater arbeitet als Versicherungsmakler. Das ist nicht so ein Traumjob wie Eisverkäufer, Bäcker oder Pommeskönig. Obwohl, einmal hat Rudis Vater mehr Versicherungen als die anderen Makler verkauft und eine Reise nach Italien gewonnen. Und Rudi durfte mit. So gesehen ist Versicherungsmakler auch kein schlechter Beruf, aber das war eben nur einmal.

Als Rudi das sagte und ich unsere Kakaobecher anschaute, fiel mir plötzlich Mila ein. Ich wollte meinen Freunden von ihr erzählen, bloß was? Dass sie nach altem Schweiß roch und einen Schlenkerelefanten mit sich rumschleppte, der so hieß wie ich? Dass sie Popcorn vom Boden aß und vielleicht einmal einen Engel gesehen hatte? Irgendwie klang das alles bescheuert, auch wenn es nicht bescheuert war. Also hielt ich den Mund. Daniel und Rudi würden sonst glauben, Mila oder ich seien verrückt.

Am Donnerstag musste ich wieder in die Schule. Kaum saß ich mit Papa im Auto, rief Mama aus der Eiswelt an. Die Kühlung der Vitrine war kaputt. Das Eis schmolz, und geschmolzenes Eis geht natürlich gar nicht.

Während Papa mit der Freisprecheinrichtung telefonierte, drückte ich mir die Daumen. Wenn er schnell noch ins Einkaufszentrum und die Kühlung reparieren musste, würde ich zu spät in die Schule kommen. Das wäre in dem Fall super, wir hatten nämlich gleich in der ersten Stunde Textiles Werken.

Papa legte auf und schaute mich an. »Bist du mir böse, wenn du zu spät kommst?«

»Gar nicht«, antwortete ich. »Lass dir ruhig Zeit.« Er lachte. Ich hatte ihm gesagt, dass ich für Mama etwas häkeln musste. Was ich ihm nicht gesagt hatte, war, dass ich in der Schule auch für ihn etwas bastelte, aber nur einen Bleistifthalter. Der war ganz okay.

Die Verkäufer im Einkaufszentrum zählten vor dem Aufsperren ihr Wechselgeld oder rollten Ständer mit Sonderangeboten durch die Schiebetüren der Geschäfte in den Gang. Eine Putzfrau schleppte säckeweise Klopapier, eine andere zog einen Staubsauger hinter sich her und eine dritte polierte die Schaufenster. Keine von ihnen sah Mila ähnlich.

Ich saß auf der Budel, während Papa an der Vitrine herumschraubte. Ein paarmal hob er den Kopf und sagte zu Mama: »Leg jetzt den Schalter um, dann müsste es funktionieren.« Es funktionierte aber nie. Mama wurde nervös. Mir wurde fad. Ich dachte daran, wie ich mit Daniel um die Wette gelaufen war und wie viel schneller ich jetzt sein könnte, wenn keine Besucher in den Gängen herumeierten.

»Ich drehe eine Runde«, sagte ich und sprang von der Budel.

»Nicht zu weit«, rief mir Mama nach. »Bleib in der Nähe, hörst du?«

»Klar.« Ich rannte los. Die gleiche Strecke wie mit Daniel, über die Rolltreppe ins untere Geschoß, dort durch einen ewig langen Gang mit weißen Bänken in der Mitte. Links und rechts waren die Luxusgeschäfte. Handtaschen, Schuhe, Schmuck und Uhren, noch mal Handtaschen und noch mal Schmuck und Uhren und wieder Handtaschen und gegenüber Teppiche. Ein Teppich leuchtete so rot wie Milas Kleid.

Ich blieb stehen. Das Geschäft war noch zu. Darin gab es richtig teure handgeknüpfte Perser zu kaufen, keine Flickenteppiche aus dem Baumarkt, wie wir sie daheim hatten. Ein dunkelhäutiger Mann kam heraus. Er hatte Zigaretten mit und wollte wahrscheinlich kurz auf den Parkplatz, weil im Einkaufszentrum Rauchen verboten ist.

Kaum war er weg, fingen die Teppiche an, sich zu bewegen. Einer hob sich, es sah ein bisschen so aus, als wollte er fliegen, aber dann schlug ihn Milas dünne kleine Hand zur Seite und ihr Kopf tauchte auf. Ich duckte mich hinter den Ständer des Handtaschengeschäfts gegenüber. Mila schlich zur Tür und schlüpfte hindurch. Sie hatte die blaue Cordjacke an, ihre alte schwarze trug sie in einer Hand und Motz, den Schlenkerelefanten, in der anderen. Die Umhängetasche stieß an ihre Beine, als sie davonlief.

Sollte ich ihr nach? Das käme womöglich so rüber, als spionierte ich. Außerdem hatte Mama gesagt, ich müsste in der Nähe bleiben. Bevor ich mich für irgendetwas entscheiden konnte, war Mila weg.

Ich rannte zurück zur Eiswelt. Auf halbem Weg traf ich Papa. »Da bist du ja, du Obermotz! Wir können los. Hast du deine Sachen?«

Ich hatte den Werkkoffer im Auto, aber den Schulrucksack in der Eiswelt und raste deswegen noch einmal zurück. Bis Papa und ich im Parkhaus ankamen, hatte ich Mila vergessen.

Erst nach der Schule fiel sie mir wieder ein. Ich fand sie vor dem Kostümgeschäft mit dem Luftschacht im Boden. »Heute Früh habe ich dich beim Teppichhändler gesehen«, erzählte ich ihr. Mila schaute mich erschrocken an.

»Warum warst du dort?«

Ihr Blick huschte zu den Leuten, die an uns vorbeimarschierten. »Also«, flüsterte sie so leise, dass uns auch bestimmt niemand hören konnte. »Das ist total verrückt. Ich war nämlich gestern Abend einkaufen und …«

»Du wolltest einen Teppich kaufen?«

»Ja. Ich meine nein, ich wollte nur schauen. Weil ich bald Geburtstag habe und mir einen Teppich für mein Zimmer wünsche.«

Ich hatte mir nie einen Teppich zum Geburtstag gewünscht. Niemand, den ich kannte, wünschte sich zum Geburtstag einen Teppich. Und ich war schon auf echt vielen Geburtstagsfeiern gewesen.

»Was für einen Teppich?« Vielleicht einen mit Elefanten oder mit Engeln drauf, das konnte ich mir noch am ehesten vorstellen.

»Einen roten!«, fauchte Mila. »In meinem Zimmer ist alles rot, die Wände, der Schreibtisch, das Bett. Alles. Willst du die verrückte Geschichte jetzt hören oder nicht?«

»Na klar.«

»Also. Ich habe mir die Teppiche angeschaut. Und als ich rausgehen wollte, war die Tür zu. Der Händler hat einfach das Geschäft zugemacht und ist nach Hause gefahren.«

»Er muss dich doch gesehen haben!«

Mila schüttelte den Kopf. »Ich liege daheim gern auf dem Boden, weißt du, und darum habe ich mich auf den Teppich gelegt, der mir gefallen hat. Damit ich rausfinde, ob er bequem genug ist. Der Händler hat sicher nicht auf den Boden geschaut.«

»Und du bist die ganze Nacht geblieben?«

»Was hätte ich sonst tun sollen?«

»Haben sich deine Eltern keine Sorgen gemacht?«

»Ich habe sie angerufen.«

»Warum haben sie dich dann nicht abgeholt?«

»Sie hatten doch keinen Schlüssel, und die Nummer des Teppichhändlers wussten sie nicht. Der hat auch sicher schon geschlafen. Außerdem«, sie zuckte die Schultern, »war es recht gemütlich.«

Ich überlegte, wie gemütlich es sein konnte, in einem Geschäft zu übernachten. Gemütlicher als daheim im Bett? Sicher nicht. Außer vielleicht im Sportparadies, die haben dort tolle Schlafsäcke, mit denen man nicht einmal in der Antarktis friert. Und Igluzelte. Man könnte sich ein Zelt aufbauen und eine Matte und einen Schlafsack hineinlegen und so tun, als wäre man auf Urlaub. Aber sonst?

»Die Teppiche waren superweich«, versicherte mir Mila. »Ich weiß jetzt genau, welchen ich mir zum Geburtstag wünsche.« Sie flüsterte noch immer und ich malte mir aus, wie sie auf einem Teppichstapel schlief. Mit ihrer Tasche als Kopfpolster, beiden Jacken als Decken und Motz, dem Schlenkerelefanten, im Arm. Plötzlich wollte ich auch unbedingt da schlafen. Vielleicht könnten wir uns beide einsperren lassen, Mila und ich.

Ernst und eindringlich sah sie mich an. »Das ist ein Geheimnis. Du darfst es niemandem erzählen.«

»Warum denn nicht?«

Sie knabberte an ihrer Lippe. »Weil ich sonst Hausverbot kriege. Ich glaube schon, dass das verboten ist.«

Ich versprach ihr, nichts zu sagen, obwohl ich nicht wusste, warum sie Hausverbot kriegen sollte. Es war doch nicht ihre Schuld, sondern die des Teppichhändlers. Und der konnte erst recht kein Hausverbot kriegen, er arbeitete ja hier.

»Wie bist du heute in die Schule gekommen?« Wir hätten Mila mitnehmen können, wenn ich mich nicht hinter dem Handtaschenständer versteckt hätte.

»Mit der Straßenbahn. Wie sonst?«

Wir aßen vor dem Kostümgeschäft unsere Jause. Also meine Jause, Mila war ja gar nicht daheim gewesen. Beim Essen roch ich wieder das Gemüffel. Dass eine, deren Mutter Putzfrau war, immer so müffelte, fand ich schon irgendwie komisch. Aber die Leute sind ja auch komisch. Der Lehrersohn aus meiner Klasse geht zum Beispiel in den Ferien in Nachhilfe, obwohl seine Eltern doch auch Ferien haben und alles wissen müssen, was wir in der Schule durchnehmen.

Da konnte es gut sein, dass eine Putzfrau daheim nicht putzte. Oder vielleicht hatte Milas Mutter einen Unfall gehabt und roch überhaupt nichts mehr. Mein Vater kannte so eine Frau, der hätte man eine Tüte Karamelleis und ein Hundstrümmerl hinhalten können und sie hätte den Unterschied nicht bemerkt. Beim Dranriechen, meine ich. Beim Schlecken dann schon.

»Du warst gestern nicht da«, sagte Mila plötzlich.

»Doch, mit meinen Freunden.« Erst als sie traurig wegschaute, kapierte ich, wie das geklungen hatte. »Mit meinen *anderen* Freunden«, betonte ich. »Daniel, das ist in der Schule mein bester Freund, und Rudi, das ist mein zweitbester Freund.« Ich hätte wahrscheinlich nicht fragen sollen, aber ich wollte es wissen: »Hast du keine anderen Freunde?«

»Natürlich. Meine beste Freundin heißt Sabine«, antwortete Mila. »Sie trägt immer einen schwarz-weiß karierten Mantel und eine schwarze Haube und einen Schal mit Fransen. Und eine zweitbeste Freundin habe ich auch.«

Sabine

Irgendetwas an ihrer Beschreibung kam mir komisch vor. Ich schaute zu dem Modegeschäft gegenüber. Das hieß »Sabine«. Die Puppe im Schaufenster trug einen schwarz-weiß karierten Mantel, eine schwarze Haube und einen Schal mit schwarzen und weißen Fransen.

»Deine Freundin heißt wie das Geschäft und sieht aus wie die Puppe da«, sagte ich.

Mila war sofort beleidigt. »Glaubst du, dass ich lüge?«

»Nein.« Es konnte ja Zufall sein. »Deine zweitbeste Freundin, wie heißt die?«

»Wenn du glaubst, dass ich lüge, erzähle ich dir überhaupt nichts mehr.«

»Na gut«, sagte ich, stand auf und zerknüllte das leere Jausensackerl. »Ich muss jetzt sowieso meiner Mutter helfen.«

Ganz enttäuscht schaute mich Mila an. Sie hatte ihre alte schwarze Jacke unter sich ausgebreitet, und wie sie mit beiden Händen ihre dünnen Knie umklammerte, fiel es mir schwer, sauer auf sie zu sein. »Du könntest mitkommen. Meine Mutter spendiert dir bestimmt ein Eis.«

Mila zögerte. Endlich schüttelte sie den Kopf. Als hätte sie Angst, ich würde sie in eine Falle locken. Dabei war Mama supernett zu ihr gewesen und hatte ihr die Fundsachen geschenkt.

»Dann eben nicht.« Aber das klang böser, als ich es meinte. »Wir sehen uns sicher morgen wieder«, fügte ich hinzu. »Oder übermorgen. Solange wir eben noch da sind.«

Milas Augen wurden riesig. »Du gehst weg?«

»Mitte November sperren wir zu.« Wusste sie das nicht? »Meine Eltern haben die Eiswelt bis Februar verpachtet.«

»Und wo geht ihr hin?«, flüsterte Mila.

»Was meinst du, wo gehen wir hin? Wir wohnen ja nicht hier.«

»Aber was macht ihr bis Februar?«

»Meine Mutter arbeitet auf dem Weihnachtsmarkt in der Stadt.«

»Und du?«

Ich? Ein paarmal würde ich Mama sicher besuchen. Und ihr beim Verkaufen helfen, obwohl Kerzen und Strohsterne schwieriger zu empfehlen waren als Eis. Ich kannte mich mit denen auch nicht so gut aus. Sonst würde ich nach der Schule eben öfter bei Daniel abhängen, er hatte von seinem Vater jede Menge Computerspiele. Aber ich wusste, dass Mila nicht so etwas meinte, sondern ob wir uns noch im Einkaufszentrum sehen würden.

»Wir kommen ja wieder«, versprach ich ihr. »Wenn es wärmer wird.«

»Zugvögel«, sagte Mila. Ich wollte schon fragen, was das heißen sollte, dann kapierte ich es selbst. Zugvögel verbrachten den Winter woanders und kamen erst wieder, wenn es warm genug für sie war.

»Wie lange seid ihr noch da?«

»Ungefähr eine Woche.«

Mila kniff die Lippen zusammen. Ich merkte, dass sie sauer war, obwohl ich nicht wusste wieso. Freundschaften sind ja nicht wie Eis, sie schmelzen nicht, wenn man sie eine Zeit lang stehen lässt. Daniel fährt zum Beispiel in den Sommerferien mit seinem Vater weg und schreibt mir höchstens einmal, wenn überhaupt. Trotzdem bleiben wir die besten Freunde. Warum sollte es mit Mila anders sein?

»Gibst du mir deine Telefonnummer?«, bat ich sie. Wir könnten uns ja woanders treffen, zum Beispiel beim Weihnachtsmarkt in der Stadt.

»Ich habe kein Telefon.«

»Du hast doch gesagt, als dich der Teppichhändler eingesperrt hat, hast du deine Eltern angerufen.«

»Ich habe kein Telefon *mehr*«, verbesserte sich Mila. »Es wurde mir geklaut.«

»Aus der Tasche?« Sie nickte.

Dass es im Einkaufszentrum Diebe gab, wusste ich. Aber warum sollte einer in Milas Tasche greifen? Sie sah nicht reich aus, und ich erinnerte mich daran, wie sie mir damals den Euro vor der Nase weggeschnappt hatte. Kein Dieb konnte flinker sein als Mila.

»Willst du hören, wie?«

Natürlich wollte ich. »Also«, begann Mila. »Ich war am Klo. Bei uns, bei den Damen, meine ich, sind innen an den Kabinentüren so Haken für die Handtaschen. Ich weiß nicht, ob bei euch auch. Jedenfalls habe ich meine Tasche dort hingehängt.« Sie klatschte mit der flachen Hand darauf, ihre Finger streiften Motz' Rüssel und eines seiner Schlenkerbeine. »Dann bin ich aus der Kabine und habe mir die Hände gewaschen und bin gegangen.«

»Ohne die Tasche?«

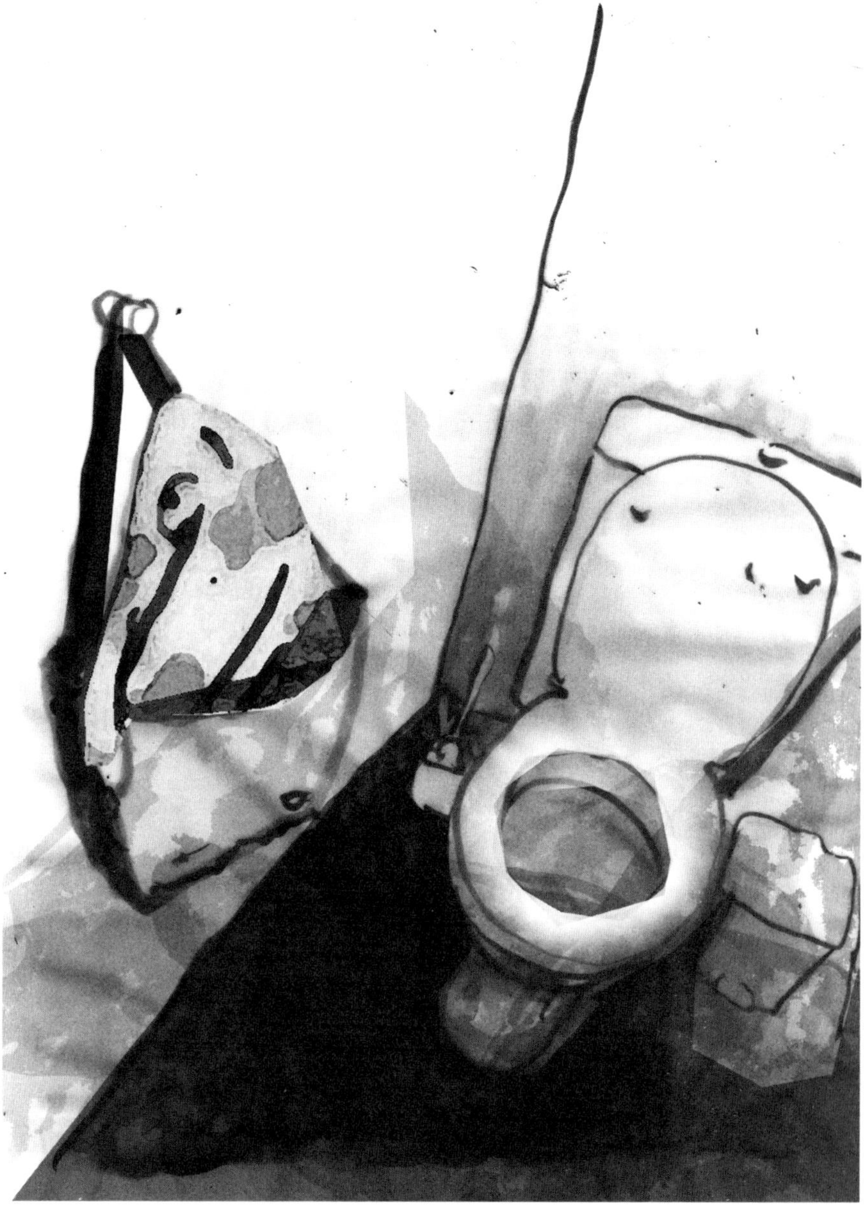

»Ja. Ich habe es gleich gemerkt und bin den ganzen Weg zurückgerannt. Die Tasche war noch da, aber das Telefon nicht. Jemand hat es geklaut.«

»Hast du gesehen, wer nach dir am Klo war?«

Sie schüttelte den Kopf. »Dort war eine ewig lange Schlange, jeder könnte es gewesen sein. So etwas Kleines wie ein Telefon zu klauen ist ja auch überhaupt nicht schwierig.« Zum Beweis langte sie blitzschnell in ihre Tasche und zog etwas unter Motz' Schlenkerbein hervor. Ein Fläschchen mit rotem Nagellack, erst da fiel mir auf, dass ihre Fingernägel knallrot waren. »Schöner Nagellack.«

Mila krallte die Finger um das Fläschchen.

»Zeig her.«

Sie riss die Faust zurück und schnappte: »Das war ein Geschenk!«

»Ich wollte doch nur deine Nägel sehen.« Das Fläschchen hätte mich überhaupt nicht interessiert, wenn Mila nicht so geheimnisvoll getan hätte. »Geschenk von wem?«

»Von meiner Schwester«, murmelte Mila.

»Du hast eine Schwester?«

»Warum sollte ich keine haben?«

»Weil du nie von ihr redest.«

»Doch, tue ich.« Mila funkelte mich an. »Nur weil du dich nicht erinnerst, heißt das nicht, dass ich nie von ihr rede. Sie ist außerdem schon älter und wohnt nicht mehr bei uns, sondern bei ihrem Freund.« Als sie das Fläschchen zurück in die Tasche stopfte, sah ich dort eine zerquetschte Zahnpastatube.

»Wofür ist die Zahnpasta?«

»Fürs Zähneputzen. Oder was glaubst du?«

»Aber warum putzt du dir untertags die Zähne?«

»Na, warum wohl? Damit ich nicht aus dem Mund stinke.«

Ich wollte Mila sagen, dass ich mir untertags nie die Zähne putze und trotzdem nicht aus dem Mund stinke. Ich putze meine nach dem Frühstück und bevor ich ins Bett gehe. Hin und wieder »vergesse« ich es abends, das klappt aber nur, wenn mich Papa ins Bett bringt. Mama ist dafür zu genau.

Gerade rechtzeitig fiel mir die Sache mit der »Stinke-Mila« ein. Womöglich fanden Leute mit feineren Nasen als ich ja, dass Mila aus dem Mund stank.

Ich verabschiedete mich einfach so und ging zurück zur Eiswelt. Als ich zum Platz mit dem Brunnen kam, sah ich Lisa und Laura vor einem Schaufenster mit Haarspangen und solchem Zeug. Laura schubste Lisa, und Lisa rief: »Moritz!«, darum blieb ich stehen.

»Gut, dass du da bist«, fing Lisa an. »Wir wollen dir etwas sagen.«

Irgendwie dachte ich mir schon, dass es mit Mila zu tun hatte.

»Was denn?«

»Deine Freundin hat sich heute die Nägel lackiert.« Lisa klang, als glaubte sie, ich wäre in Mila verknallt.

»Na und?« Ich wollte weitergehen, bevor sie mir erzählte, dass Mila den Nagellack aus einem Mistkübel genommen hatte oder so.

Lisa versperrte mir den Weg. »Weißt du …«

Und Laura platzte heraus: »... woher sie den Nagellack hat?«

»Von ihrer Schwester.«

Laura schaute Lisa mit großen Augen an. Lisa schaute Laura an. Beide schauten mich an. Als wäre ich bescheuert.

Und Lisa sagte: »Die hat doch keine Schwester.« Laura schüttelte mitleidig den Kopf.

Stimmte das? Konnte man so etwas sehen, wenn man ein Zwilling war, wer eine Schwester hatte und wer nicht? War es eine Gabe wie bei mir die Sache mit den Eissorten?

Lisa befahl mir: »Frag deine Freundin doch, wo sie wohnt.«

»Oder wo ihre Schwester den Nagellack ...«, fing Laura an, bevor Lisa sie am Arm packte und wegzog.

»Wartet!« Neugierig lief ich hinter ihnen her. Beide drehten sich um. »Wisst ihr, wo Mila wohnt?«

»Na hier«, sagte Lisa und kicherte. »Sie ist immer da. Wirklich immer.« Laura kicherte auch, ich kapierte, dass sie das mit dem Teppichhändler wussten. Dass sie Mila in seinem Geschäft gesehen hatten und jetzt Witze über sie rissen, nur weil der Händler sie einmal eingesperrt hatte. Dabei konnte so etwas jedem passieren.

Mir war es allerdings noch nie passiert und auch sonst niemandem, den ich kannte. Nur eben Mila.

Ich lief zurück zu dem Kostümgeschäft. Als ich fast dort war, kam aus dem Lautsprecher eine Durchsage: »Die kleine Chantal wartet im Kinderland auf ihre Eltern, die Eltern der kleinen Chantal bitte dringend ins Kinderland.«

So was hörte ich oft und fand es meistens sogar witzig, weil die Kinder echt schräge Namen hatten. Diesmal fand ich es aber gar nicht witzig.

Ich musste an Mila denken. An ihre dünnen Arme und das rote Kleid, an ihr Gemüffel. Und dass sie nie eine Jause mithatte, wirklich nie. Sie hatte noch kein einziges Mal irgendetwas mit mir geteilt.

Ich fragte mich plötzlich, ob alle Kinder aus diesen Lautsprecherdurchsagen immer abgeholt wurden. Oder ob es das gab, dass jemand eines verlor, es im Kinderland oder beim Infostand vergaß, so wie die Leute bei uns in der Eiswelt ihre Sachen vergaßen.

Noch schlimmer, dass jemand sein Kind absichtlich im Einkaufszentrum zurückließ. Wie die Hunde, die in den Sommerferien auf irgendwelchen Parkplätzen ausgesetzt wurden und ins Tierheim kamen, weil die Besitzer lieber ohne sie ans Meer fuhren.

Ganz wollte ich nicht glauben, dass das mit Kindern genauso funktionierte. Hunde sind ja auch nicht so wahnsinnig schlau. Ein Hund wäre zum Beispiel nicht auf die Idee gekommen, mit der Straßenbahn heimzufahren. Ein Kind schon. Ich jedenfalls, und wenn meine Eltern versucht hätten, mich im Einkaufszentrum auszusetzen, wäre ich eine halbe Stunde später trotzdem daheim gewesen. Ich hatte sogar meinen eigenen Schlüssel für die Wohnung.

Mila auch? »Sie ist immer da, wirklich immer«, hatte Lisa gesagt.

Mila saß noch vor dem Kostümgeschäft. »Wo wohnst du?«, überfiel ich sie.

Sie schaute mich an, als wäre ich bescheuert. »In einem Haus, wo sonst? Wo wohnst du denn, in einem Zirkuszelt?« Sie lachte.

»In einer Wohnung. Wir können uns kein Haus leisten.« Ich war froh, dass sie nicht gesagt hatte: Na hier. Genau hier im Einkaufszentrum.

»Wir können uns schon eines leisten, sogar ein ziemlich großes. Mit einem Schwimmbad im Garten und zwei Zimmern nur für mich. Eins ist zum Spielen und eins zum Schlafen.«

Ich hatte nicht gewusst, dass Putzfrauen und Fernfahrer so viel Geld verdienten, und dummerweise sagte ich das auch.

»Was glaubst du denn?«, fauchte Mila. »Dass meine Eltern und ich auf der Straße hocken, nur weil wir keine Eisverkäufer sind?«

»So habe ich das nicht gesagt.«

»So hast du es aber gemeint.« Sie funkelte mich an.

Ich wollte nicht streiten, darum fragte ich sie: »Welches Zimmer ist rot?«, weil ich an die Sache mit dem Teppich denken musste. »Das zum Spielen oder das zum Schlafen?«

»Beide!«

»Und hat eines vorher deiner Schwester gehört?«

»Welcher Schwester?«

Es folgte eine lange Pause, in der ich mich an Milas Schwester erinnerte und Mila sich auch an ihre Schwester erinnerte.

»Ach so«, fing sie nach einer Ewigkeit wieder an. »Jetzt weiß ich, wen du meinst. Das war in Wirklichkeit meine Cousine. Wir haben immer nur zum Spaß gesagt, dass wir Schwestern sind.«

Ich merkte, dass sie log, und das machte mich traurig. Trotzdem tat ich, als glaubte ich ihr das mit der Schwester. Wenn ich gesagt hätte, dass ich ihr nicht glaubte, hätte sie mich ja doch nur wieder angelogen.

Ich hatte aber einen Plan.

Zuerst einmal verabschiedete ich mich und ging zurück zur Eiswelt. Dort half ich meiner Mutter, bis es fast sechs

Uhr war. »Ich drehe noch eine Runde!«, rief ich dann und stürmte los.

»Nicht zu lange!«, hörte ich hinter mir Mamas Stimme. »Wir fahren in ein paar Minuten.«

»Ja, ja«, rief ich zurück und rannte schneller. Über die Rolltreppe ins untere Geschoß. Jede Menge Besucher marschierten zum Ausgang, auch zwei Männer vom Sicherheitsdienst kamen mir entgegen. Ich schlüpfte, sprang und schlängelte mich zwischen allen durch. Als wäre Daniel dabei. Als müsste ich ihn schlagen.

Kurz vor dem Teppichgeschäft wurde ich langsamer. Der Händler stand schon bei der Glastür und ließ das Rollgitter herunter. Das Geschäft war menschenleer, wenigstens sah es leer aus. Ich wusste, dass ich vorne nichts entdecken würde. Dafür war Mila viel zu schlau.

In der Mitte des Gangs standen zwei weiße Bänke mit einem Tischchen für die Einkaufstaschen dazwischen. Auf einer Bank saß eine Frau und telefonierte. Die andere war frei und ich kletterte hinauf. Das ist zwar verboten, aber die Männer vom Sicherheitsdienst waren zum Glück schon weg.

Ich schaute rüber zu dem Geschäft. Mein Kopf war gerade hoch genug, dass ich über die vorderen Teppiche sah. Und ganz, ganz hinten im Laden entdeckte ich Mila. Sie lag auf einem Teppichstapel, Motz, den Schlenkerelefanten, im Arm.

11

Mila wohnte hier.

Während der Heimfahrt im Auto und auch später, beim Abendessen, Zähneputzen, Schultasche-für-den-nächsten-Tag-Herrichten, Ins-Bett-Gehen dachte ich nur an das. An Mila auf dem Teppichstapel mit ihrer Tasche als Kopfpolster und Motz, dem Schlenkerelefanten, im Arm. Genau wie ich es mir vorgestellt hatte.

Ich sagte meinen Eltern natürlich nichts. Sie hätten mich für verrückt gehalten. Oder Mila. Oder uns beide.

Es war ja auch verrückt. Niemand wohnte im Einkaufszentrum. Jedenfalls nicht richtig mit Schlafen und Zähneputzen und so. Es gab schon ein paar Leute. Zum Beispiel eine alte Frau, die kaufte sich jeden Tag in der Früh beim Pizza-Freddy ein Stück Pizza und aß alles bis auf den Rand. Mit dem Rand setzte sie sich dorthin, wo auf dem Glaskuppelplatz ein Bildschirm und ein paar Sofas waren. Auf dem Bildschirm lief nichts als Werbung für die Geschäfte im Einkaufszentrum. Die alte Frau saß dort mit dem Pizzarand den ganzen Tag, jeden Tag. Mama sagte: »Sie ist vielleicht zu arm, um sich einen Fernseher zu leisten. Oder sie wohnt allein in einem Hochhaus, wo keiner den anderen kennt, und will unter den Leuten sein. Darum fährt sie jeden Tag in der Früh mit der ersten Straßenbahn ins Einkaufszentrum und abends mit der letzten Straßenbahn heim.« Das wussten wir natürlich nicht sicher, wir hatten sie ja nie beim Heimfahren beobachtet. Vielleicht ließ sie sich auch beim Teppichhändler einsperren.

Womöglich war die Frau Milas Mutter? Aber nein, dafür war sie zu alt.

Mila hatte mich angelogen. Das machte mich wie gesagt traurig, doch irgendwie verstand ich es auch. »Ich fahre abends nicht nach Hause, sondern lasse mich beim Teppichhändler einsperren und schlafe dort« war nichts, was man einfach so jemandem erzählte.

Ich lag in meinem Bett und stellte mir vor, wie es wäre, im Einkaufszentrum zu wohnen. Nämlich richtig.

Super, dachte ich zuerst. Das Einkaufszentrum ist ja so etwas wie ein Schlaraffenland, es gibt dort alles. Pizza, Eis und Kakao. Marillenkuchen, Spielzeug und Kino. Teppiche, Schlafsäcke, Igluzelte und Zahnpasta sowieso.

Aber nichts davon ist umsonst. Oder fast nichts. Zu Hause kann ich immer ein Stück Kuchen oder Torte haben, wenn welche da ist. Im Einkaufszentrum gibt es sogar die Igel auf der Torte nur gegen Geld.

Umsonst sind die Sofas, auf denen man sitzt und die Bildschirme anglotzt. Die Klos auch, und mir fiel ein, wie Mila nach dem Kino im Waschraum Wasser getrunken hatte. Verdursten würde man also nicht. Verhungern schon eher.

Schlafen könnte man, wenn man dazu nicht unbedingt ein Bett brauchte. Oder einen Polster. Oder jemanden, der einem einen Kuss auf die Stirn gab und »Schlaf gut, mein Großer« oder »Bis morgen, du Obermotz« flüsterte.

Warum schlief Mila nicht daheim?

Vielleicht war ihr Haus doch nicht so groß und schön. Vielleicht hatte sie keine zwei Zimmer, sondern nur eines. Das wie ein Mistkübel stank, weil ihre Mutter nie putzte.

Oder vielleicht war mit dem Haus alles in Ordnung, mit Milas Eltern aber nicht. Womöglich waren sie gemein zu ihr. Oder zueinander.

Daniels Eltern hatten sich vorletztes Jahr scheiden lassen. Das war für alle am besten gewesen, bis dahin hatten sie immer nur gestritten. Über Geld, über Daniel, Daniels Noten und die neue Freundin seines Vaters. Bevor sein Vater zu der Freundin gezogen war, hatte Daniel ein paarmal vom Abhauen geredet.

Mila war vielleicht wirklich abgehaut.

Ich dachte an all das, und ich dachte: Ich bin eben auch saublöd gewesen. Ich meine, wenn eine behauptet, ihre Mutter sei Putzfrau, und selber stinkt sie, als gäbe es bei ihr daheim keine Seife, dann wäre es doch logisch zu denken: Die lügt. Aber das hatte ich nicht denken wollen. Dass Mila log, dass ich ihr irgendwie helfen hätte müssen, nicht bloß mit Frischkäsebroten oder Zimteis mit Honig. Ich wollte es sogar jetzt noch nicht denken. Wenn's keinem schadet, dachte ich. Papas Lieblingsspruch. Dem Teppichhändler schadete es nicht, dass Mila in seinem Geschäft schlief. Außer natürlich, die Teppiche fingen an zu stinken, aber Teppiche stinken meistens sowieso und auslüften kann man sie auch.

Dem Einkaufszentrum schadete es genauso wenig, wenn

Mila dort wohnte, sich am Klo die Zähne putzte und Popcorn vom Boden oder Sachen aus den Mistkübeln aß.

Aber Mila schadete es doch.

Am Freitag nach der Schule suchte ich Mila. Sie saß nicht vor dem Spielzeuggeschäft, nicht vor den Klos und nicht am Platz mit dem Brunnen. Je länger ich suchte, desto mehr Angst bekam ich. Was, wenn Mila für immer weg war? Vielleicht hatte sie der Teppichhändler gleich in der Früh erwischt. Oder der Sicherheitsdienst. Oder jemand hatte die Polizei gerufen, womöglich der Vater der Bäckerzwillinge. Ich erinnerte mich daran, wie Lisa gesagt hatte: »Na hier. Sie ist immer da.« Und an Lauras Kichern.

Wenn Mila Hausverbot hatte, würde ich sie nie wieder sehen. Ich versuchte mir das nicht vorzustellen. Womöglich war sie ja im Kino, Paul hatte zwar nicht Dienst, aber vielleicht hatte einer der anderen Platzanweiser sie reingelassen. Oder sie war bei den Fernfahrern. Oder in der Glaskuppel. Ich schaute nach oben. Kein Engel in einem roten Kleid lehnte sich über das Geländer.

Also lief ich weiter und überlegte dabei, was ich tun sollte, wenn ich Mila fand. Ihr sagen, dass ich ihr Geheimnis kannte, das war klar. Aber dann? Ich würde ihr helfen, so viel stand auch fest. Irgendwie. Und meine Eltern bestimmt ebenfalls. Mein Vater mag Kinder, meine Mutter sowieso. Während ich suchte, kapierte ich, welches Glück ich mit meiner Familie hatte. Das wusste ich natürlich, ich meine, ich hatte es auch vorher gewusst. Aber trotzdem. Meine Eltern waren total okay. Nicht nur wegen des Traumjobs, auch menschlich. Sie tranken fast nie Wein oder Bier und flippten nicht aus, wenn ich im Zeugnis mal einen Dreier hatte. Sie stritten selten, sie ließen sich nicht scheiden und brüllten auch nicht mit mir rum. Sie gaben mir Gutenachtküsse und erlaubten mir, allein durchs Einkaufszentrum zu laufen, nicht weil ihnen egal war, was ich tat, sondern weil sie wussten, dass ich mich auskannte.

Wir würden Mila helfen, meine Eltern und ich. Ganz bestimmt konnten wir ihr helfen.

Ich fand Mila in der Drogerie vor einem langen Regal mit Lippenstiften und Schminkkram. Sie hatte ein Fläschchen Nagellack in der Hand.

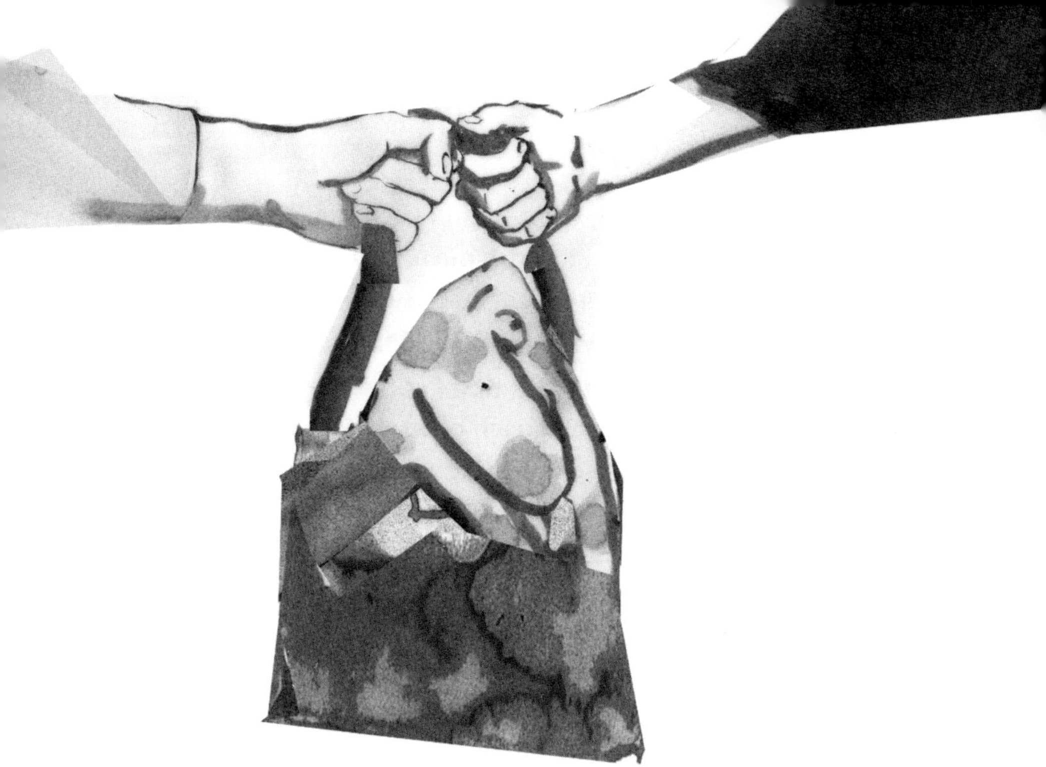

»Da bist du ja! Ich habe dich gesucht.«

Ihr Kopf fuhr herum. »Geh weg«, murmelte sie, aber ich beugte mich näher zu ihr und flüsterte: »Ich weiß dein Geheimnis.«

»Welches Geheimnis?«

»Na, dass du hier wohnst.«

Mila keuchte erschrocken. »Du brauchst keine Angst zu haben«, beruhigte ich sie. »Meine Eltern und ich helfen dir«, auch wenn ich noch nicht wusste wie.

»Geh weg!«, zischte Mila. Sie wandte sich ab, dabei rutschte die Tasche von ihrer Schulter. Wir griffen gleichzeitig danach und ich sah: Das Nagellackfläschchen aus Milas Hand lag plötzlich in der Tasche.

Wie war es da reingekommen?

Ich konnte mir das Wie schon vorstellen, aber ich wollte es nicht so recht glauben. »Klaust du?«

Mila sagte nichts. Einfach nichts. Kein Wort. Jeder normale Mensch hätte »Nein!« oder »Nie!« oder »Ich doch nicht, das würde ich nie tun!« gerufen. Jeder normale Mensch, der nicht klaute.

»Das kannst du nicht!«

Sie schaute runter auf ihre Turnschuhe, als wäre es ihr peinlich. Nicht so sehr das Klauen, eher dass ich sie erwischt hatte. Da kapierte ich. Sie hatte schon öfter geklaut. Das mit dem Nagellack von ihrer Schwester war gelogen. Das mit dem Lippenstift von ihrer Mutter wahrscheinlich auch.

»Gib es zurück.«

Sie schüttelte den Kopf.

Dann tat ich was wirklich Saublödes, ich griff nämlich in Milas Tasche. Ich dachte, wenn ich den Nagellack zurück aufs Regal stellen könnte, bevor ihn irgendjemand sah, dass wir dann heil aus der ganzen Sache herauskämen.

Milas dünne Finger hielten die Tasche fest. Sie zog mit erstaunlicher Kraft und riss sie mir aus der Hand. Schwungvoll knallte ich gegen ein Regal.

»Ihr zwei«, sagte eine Männerstimme, »kommt bitte mal mit.«

Mila fuhr herum, ich auch. Der Mann hinter uns lächelte. Er trug Jeans, war größer als mein Vater und sah aus, als ginge er nicht bloß zweimal in der Woche joggen, sondern jeden Tag.

»Nein, danke«, sagte Mila höflich und schlüpfte an ihm vorbei. Der Mann packte sie am Ärmel und lächelte nicht mehr.

»Ihr kommt mit«, wiederholte er. Mila zappelte und versuchte, gegen sein Schienbein zu treten. Er musste sie mit beiden Händen festhalten und ich hätte vielleicht abhauen können, aber ich traute mich nicht.

Er brachte uns in ein Zimmer hinter der Drogerie. Erst als die Tür zufiel, hörte Mila auf zu zappeln und zu treten. In dem Zimmer stand ein Schreibtisch, dahinter saß ein Mann mit einer Brille.

»Was habt ihr denn angestellt?«

Er grinste. Da hoffte ich irgendwie noch, dass alles ein Witz war, dass uns die beiden Männer bloß erschrecken wollten.

»Gestohlen. Nagellack. In ihrer Tasche«, sagte der mit den Jeans.

»Stimmt das?«

Mila schüttelte finster den Kopf. Ich wusste nicht, was ich antworten sollte. Auch wenn ich nichts geklaut hatte, stimmte es ja doch.

»Wie heißt ihr?«

Mila schwieg, ich auch.

»Zwei abgebrühte kleine Verbrecher«, witzelte der Mann mit der Brille. »Na gut, wer sind denn eure Eltern?« Er schaute mich genauer an. »Dich kenne ich, du bist der Sohn der Eisverkäuferin.«

Blitzschnell dachte ich nach. Er kannte mich, er würde

meine Eltern anrufen und ihnen alles erzählen. Aber Mila? Sie kannte er nicht.

Darum tat ich das zweite Saublöde an diesem Tag. Ich deutete auf Milas Tasche. »Wer das Mädchen ist, weiß ich nicht. Die Tasche gehört mir.«

»Dir«, wiederholte der Mann mit den Jeans so, als glaubte er mir nicht.

Mein Herz hämmerte. »Ja.«

»Und du wolltest«, er hob ihn hoch, »einen roten Nagellack stehlen?«

»Ich wollte ihn einem Mädchen schenken.« Neben mir hielt Mila den Atem an. »Einem, in das ich verknallt bin«, ergänzte ich schnell, damit auch ganz sicher niemand glauben würde, ich redete von Mila.

Der Mann mit den Jeans sagte zu dem mit der Brille: »Das Mädchen hatte aber die Tasche.«

»Sie wollte sie mir wegnehmen und den Nagellack zurück aufs Regal stellen.«

»Stimmt das?«

Mila schaute die Männer an. Mich. Die Männer. Mich. Und nickte.

»Nur den einen Nagellack?«, fragte der mit der Brille den mit den Jeans.

»Ja.«

»Na gut«, sagte der mit der Brille zu Mila. »Du kannst gehen. Und ich will dich hier nicht mehr erwischen, ist das klar?«

»Aber sie hatte …«, fing der mit den Jeans an.

»Zwei Kinder«, unterbrach ihn der mit der Brille, »die gemeinsam ein Fläschchen Nagellack einstecken? Und was glaubst du, wie alt das Mädchen ist? Sieben, acht?«

Neun, wusste ich, aber das durfte ich nicht sagen, ich kannte Mila ja nicht.

Kaum ließ der mit den Jeans sie los, riss Mila die Tür auf und flitzte davon. Ich hörte ihre Turnschuhe auf den Fliesen draußen im Gang. Eine Frau rief: »Hey!«, bevor die Tür zuknallte.

Ich blieb da.

12

Der Mann mit der Brille nahm eine Liste aus der Schreibtischschublade. Darauf standen die Telefonnummern aller Geschäfte im Einkaufszentrum. »Wie heißt der Eissalon deiner Mutter?«, fragte er.

Ich schwieg so angestrengt, dass mein Gesicht heiß anlief, bloß nützte das nichts.

»Ach, da haben wir's ja. Eiswelt.« Er tippte die Nummer in sein Telefon. Mir fiel plötzlich ein, dass die Putzfrauen diese Liste sicher auch bekamen. Milas Mutter hätte also ganz einfach den Teppichhändler anrufen können, als der Mila eingesperrt hatte. Als Nächstes fiel mir ein, dass das mit dem Teppichhändler ja gelogen war. Das mit der Putzfrau auch?

»Frau Müller? Ja, es geht um Ihren Sohn. Moritz, so heißt Ihr Sohn also?« Er schaute mich an. Ich schaute weg. »Holen Sie ihn bitte in der Drogerie ab, jetzt gleich wäre ideal. Nein, ihm ist nichts passiert, es geht ihm gut.«

Das war gelogen. Mir ging es überhaupt nicht gut.

Mama holte mich ab. Sie trug ein weißes T-Shirt, am linken Ärmel und darunter am Ellbogen sah ich rote Spritzer. Erdbeersauce. Wahrscheinlich hatte sie gerade Eisspaghetti gemacht.

Sie entschuldigte sich für mich und schaute mich ernst an, bis ich mich auch entschuldigte. So etwas würde nie, nie wieder vorkommen, versicherte sie dem Mann mit der Brille. »Den Nagellack bezahle ich selbstverständlich.«

Der Mann mit der Brille lächelte sie an. »Nicht nötig«, sagte er, »es ist ja kein Schaden entstanden. So etwas soll bloß nicht mehr vorkommen.« Und meine Mutter versicherte ihm wieder, dass es nie, nie, nie mehr vorkommen würde. Der Mann mit den Jeans war schon gegangen.

Dann bedankte sich Mama, dass der Mann mit der Brille sie angerufen hatte und nicht den Sicherheitsdienst. Oder die Polizei.

Wir gingen zurück zur Eiswelt. Meine Mutter hielt mit der rechten Hand meinen Arm fest, in der linken trug sie Milas Tasche. Ich fühlte mich wie ein Verbrecher im Film, der ins Gefängnis transportiert wurde. Alle Leute blieben stehen und schauten mich an. Sie wussten, was los war, dass Mila und ich geklaut hatten. So kam es mir jedenfalls vor.

Den ganzen Weg über fragte ich mich, was meine Mutter tun würde. Manchmal, wenn ich mit ihr oder mit Papa stritt, schickte sie mich ins Bett, aber das hier war schlimmer als Streiten. Würde ich Hausarrest bekommen? Hausverbot fürs Einkaufszentrum? Oder beides?

Womöglich, kapierte ich, würde ich Mila nie wiedersehen. Trotz allem, trotz des Nagellacks und der Lügen war der Gedanke so etwas wie ein Loch in meinem Bauch.

Freddy winkte von seinem Pizzastand zu uns rüber, als wir kamen. Meine Mutter bedankte sich bei ihm, dass er ein Auge auf die Eiswelt gehabt hatte. Das sagte sie genau so. Ein Auge. Das andere brauchte er sicher für seine Pizzen. Freddy zwinkerte mir zu. Hatte ihm Mama erzählt, warum sie plötzlich wegmusste?

Die Eiswelt war halb leer. Meine Mutter zog mich zu einem freien Tisch und befahl: »Setz dich hin.« Sie sank auf den Sessel mir gegenüber. »Moritz, warum hast du das getan?«

Ich schwieg. Wenn ich ihr sagte, dass Mila geklaut hatte, nicht ich, würde sie es der Polizei erzählen? Dem Sicherheitsdienst? Oder dem Mann von der Drogerie?

»Du meinst, warum ich den Nagellack genommen habe?« Ich fühlte mich sauschlecht dabei, meine Mutter zu belügen. Obwohl es ja mehr eine Frage war als eine richtige Lüge.

Mama runzelte die Stirn. »Moritz«, entgegnete sie warnend und wedelte mit der Tasche. Die war zwar keine Prinzessinnen-Mädchentasche in Rosa und Glitzer, trotzdem wusste meine Mutter natürlich, dass das Grün mit dem Affengesicht Mila gehörte.

»Ich wollte nicht, dass sie Mila erwischen«, gestand ich ihr.

»Und warum?«

»Ich denke, sie hat kein Zuhause.« Das kam mit einer Endgültigkeit heraus, von der mir ganz schwindelig wurde.

Mama nickte. Da kapierte ich, dass sie mir glaubte. Meine Mutter ist eben nicht blöd.

Ich erzählte ihr alles, die ganze Geschichte von Mila

und mir. Die Wurst- und Frischkäsebrote und das Popcorn im Kino. Dass Milas Schwester ihr einen Nagellack gegeben hatte, aber dass Mila gar keine Schwester hatte. Dass sie beim Teppichhändler geschlafen hatte, aber vielleicht nur zweimal.

»Glaubst du, es war wirklich nur zweimal?«

Nein, eigentlich glaubte ich das nicht.

Felix, der Hund, fiel mir ein. Hatte ihn Mila auch geklaut? Oder gefunden? Oder Felix hatte sie gefunden. Womöglich hatte ihn jemand ausgesetzt, genau wie sie, und er war ihr einfach einmal ins Einkaufszentrum gefolgt.

Ich schaute die Tasche an. Wir mussten sie Mila zurückgeben. Mama schaute auch die Tasche an. Ich dachte, sie würde sie zu den Fundsachen legen, aber sie leerte alles daraus auf den Tisch.

»Das sind Milas Sachen! Was tust du?«

»Ich suche einen Ausweis. Oder eine Telefonnummer, eine Adresse«, sagte meine Mutter. Sie schob ein Ding nach dem anderen zur Seite. Zahnpasta und zerknüllte

Papierhandtücher. Zwei Lippenstifte und ein halb volles Fläschchen Nagellack. Motz, den Schlenkerelefanten. Das Buch mit dem Haus und der Maus. Mila hatte kein Telefon, wenigstens das stimmte.

Mama packte alles wieder in die Tasche. »Bleib da.«

»Was tust du?« Ich wollte nicht, dass sie Mila ins Gefängnis brachte. Oder mich.

»Ich rufe Papa an.« Sie stand auf und zerzauste mir im Vorbeigehen die Haare. War sie gar nicht sauer? Warum?

Als sie an der Budel vorbeiging, bestellte ein Mann: »Einen Eiskaffee Spezial, bitte.«

Meine Mutter sagte: »Entschuldigen Sie mich für fünf Minuten«, und verschwand in der Gefrierkammer. Der Mann bei der Budel starrte ihr nach.

Ich stand auf. »Ein Eiskaffee Spezial, kommt sofort.« Ich schob eine Tasse in die Kaffeemaschine und drückte auf den Knopf, nahm ein großes Glas und ging zur Vitrine. Mit dem Portionierer versenkte ich eine Kugel Karamelleis in dem Glas.

Die Kaffeemaschine surrte nicht mehr. Ich leerte den Kaffee ins Glas, steckte Strohhalm und Löffel hinein, gab dem Mann seinen Eiskaffee Spezial und kassierte. Nebenan telefonierte Mama laut genug, dass ich das meiste mithörte.

»Verwahrlost«, sagte sie. »Wie eine hungrige Katze. Und das dreckige Kleid, du hättest sie sehen sollen.« Sie redete von Mila. »Was tun wir, Hannes?« Hannes heißt mein Vater.

Ich schaute hinüber zu der Tasche auf dem Cafétisch. Mila wollte ihre Sachen bestimmt zurück.

»Such mir bitte rasch die Nummer heraus«, sagte Mama und wiederholte ein paar Zahlen, die ihr Papa durchs Telefon nannte. »Ich rufe jetzt das Jugendamt an. Ich gebe dir nachher Bescheid, was sie …«

Das Jugendamt! War das für Mila besser als die Polizei? Wahrscheinlich schlimmer als der Sicherheitsdienst. Ich lief zum Tisch und schnappte mir Milas Tasche. »Bleib da«, hatte Mama gesagt, aber wenn ich gleich loslief und wieder zurückkam, bevor sie mit dem Telefonieren fertig war … Ich könnte Mila wenigstens ihre Tasche geben. Und sie warnen.

Gerade als ich das dachte, streckte Mama den Kopf aus der Gefrierkammer. Sie hielt das Telefon hoch, ich hörte die Musik aus irgendeiner Warteschleife. »Moritz.« Ihr Blick bohrte sich in meinen. Ich ließ die Tasche sinken.

13

Erst am Montag sah ich Mila wieder vor dem Spielzeuggeschäft. Sie trug die blaue Cordjacke und das Stirnband, die Sachen, die ihr Mama gegeben hatte, aber statt des roten Kleids hatte sie Jeans an und einen dunkelgrünen Pulli mit Sternen. Ich hätte sie fast nicht erkannt.

»Wo warst du?«, fragte ich und setzte mich zu ihr.

Mila schaute weg. »Die haben mich in ein Haus gebracht«, murmelte sie. »Dort waren auch andere Kinder. Aber ich bin abgehaut.«

»Warum denn das?« Ich hoffte, sie würde antworten: »Wegen dir. Weil ich dich vermisst habe. Weil ich wissen wollte, ob es dir gut geht. Oder ob du im Gefängnis sitzt.«

Mila schaute noch immer an mir vorbei. »Ich habe gesagt, wir müssen zurück«, flüsterte sie. »Wegen meiner Tasche. Sie haben gesagt, die Tasche ist egal, da bin ich abgehaut. Weil mir die Tasche nicht egal ist.«

Sie war nur wegen ihrer Sachen gekommen. Auch das fühlte sich an wie ein Loch in meinem Bauch, aber ich riss mich zusammen. »Wir haben sie in der Eiswelt, soll ich sie für dich holen?« Mila nickte.

Ich lief zur Eiswelt. Mama stand bei der Vitrine. Das Erdbeereis war aus und ich wartete, bis sie mit der leeren Schale in die Gefrierkammer ging. Dann duckte ich mich ins Café, schnappte mir Milas Tasche von dem Regal mit den Fundsachen und flitzte davon.

Das Erste, was Mila aus der Tasche zog, war der Schlenkerelefant. »Motz!«, jubelte sie. »Ich dachte, du wärst für immer weg!« Sie drückte ihn an sich und vergrub das Gesicht in seinen Schlabberohren. Motz stank nach altem Schweiß, ein bisschen getrockneter Frischkäse hing an seinem Rüssel. Wir hätten ihn doch waschen sollen, dachte ich. Mein nächster Gedanke war, ob Mila Motz auch irgendwo geklaut hatte. Und die Tasche.

Ich schaute sie mir an. Egal mit welchem Gewand, sie war Mila. Die gleichen dünnen Finger ragten aus den Jacken- und Pulloverärmeln. Trotzdem sah sie irgendwie anders aus. Vielleicht auch nur für mich, weil ich ihr nicht mehr traute. Oder ich traute ihr schon, sie war noch meine Freundin, ich wusste nur nicht mehr, was ich ihr glauben sollte und was nicht. »Vertrauen ist wie Glas«, sagt Papa gern. »Wenn es zerbricht, kann man es kitten, aber Sprünge bleiben.« Das Glas, durch das ich Mila sah, hatte nun Sprünge.

»Klaust du oft?«, fragte ich.

Mila schüttelte den Kopf. Sie sagte ernst zu mir: »Seit Freitag habe ich überhaupt nichts mehr geklaut.«

Heute war ja auch erst Montag. Trotzdem kam es mir vor, als würde das etwas bedeuten, als hätte sich Mila fest vorgenommen, nie mehr zu stehlen. Aber was bliebe ihr anderes übrig, wenn sie jetzt wieder im Einkaufszentrum wohnte? Hier gab es nichts umsonst. Fast nichts.

»Hast du beim Teppichhändler geschlafen?«

Mila zögerte. Für einen Moment dachte ich, sie würde mir irgendetwas erzählen. Dass sie daheim geschlafen hatte, in ihrem großen Haus mit Schwimmbad und zwei Kinderzimmern nur für sie. Dass ihre Mutter sie mit der Straßenbahn hergebracht hatte. Oder ihr Vater, der Fernfahrer, mit seinem Lastwagen. »Der Mann mit dem blauen Hemd ist nicht dein Vater, oder?«

Mila zupfte an einem Faden der Cordjacke. Am linken Ärmel franste der Stoff aus. »Nein«, gestand sie mir leise. »Ich bin damals nur hingerannt und habe mich hinter einem der Laster versteckt, bis du weg warst. Dann bin ich zurückgelaufen.«

Warum hast du mich angelogen?, wollte ich sie fragen. Ich fragte aber nicht, ich wusste ja warum.

Milas Vater war kein Fernfahrer, ihre Mutter keine Putzfrau. Sie wohnte nicht in einem großen Haus mit Schwimmbad. Mila hatte kein Zuhause. Keine Eltern. Keine Mutter, keinen Vater. Der Gedanke war neu, ich hatte ihn erst seit Freitag, doch er fühlte sich richtig an. Auf eine schreckliche Art fühlte er sich richtig an.

»Und du gehst auch nicht in die Schule.«

Mila riss den Kopf hoch. »Doch, tue ich.« Wortlos schaute ich sie an, bis sie zugab: »Aber nicht oft.«

Ich bin wie gesagt keiner, der schwänzt. Man lernt ja fürs Leben. Damit man später tun kann, was man will, wenn man mit der Schule fertig ist. Was könnte man tun, wenn man nie mit der Schule fertig ist, weil man gar nicht hingeht oder jedenfalls nicht oft? Alle müssen mit der Schule fertig sein. Eisverkäuferinnen, Friseurinnen,

Ärzte, Fernfahrer und Superhelden-Putzfrauen. Obwohl die Superhelden-Putzfrau sicher auch nur eine von Milas Erfindungen gewesen war.

Milas Erfindungen klang besser als *Milas Lügen*.

Mila bohrte ihren kleinen Finger durch das Loch im Jackenärmel. Ein bisschen was von dem wattierten Futter blieb an ihrem knallroten Nagel hängen. Sie starrte darauf, als sie murmelte: »Ist bei dir alles okay?«

»Ich muss nicht ins Gefängnis, wenn du das meinst«, antwortete ich. Und dann noch, weil man ehrlich sein soll: »Aber ich weiß nicht mehr, was ich dir glauben kann. Hast du mir überhaupt irgendwann einmal die Wahrheit gesagt?«

Mila schaute sich die Watte auf ihrem Fingernagel an. Endlich hob sie den Kopf und lächelte, ein echtes Milalächeln. »Der Tag, an dem ich mit dir im Kino war«, versicherte sie mir, »das war wirklich der schönste Tag in meinem Leben.«

»Mila!«

Sie riss den Kopf herum. Nach links, nach rechts, plötzlich erinnerte sie mich ein bisschen an eine panische Katze damals im Tierheim. Wer hatte gerufen?

»Mila, da bist du ja!« Eine Frau hetzte vom Glaskuppelplatz auf uns zu. Im ersten Moment dachte ich, sie wäre doch Milas Mutter, aber sie war überhaupt nicht wie eine Putzfrau angezogen. Sie trug Leggins, eine Strickhaube, einen geblümten Mantel und eine Halskette mit einem riesigen Anhänger, der bei jedem Schritt baumelte.

Wir sprangen beide auf. »Wer ist das?«, fragte ich Mila, obwohl ich mir schon denken konnte wer. Jemand vom Jugendamt.

Mila packte meinen Ärmel und zerrte mich am Schaufenster entlang. Sie blieb so plötzlich stehen, dass ich gegen sie stolperte. Der Mann mit den Jeans, der aus der Drogerie, rannte durch den Gang auf uns zu. Die Frau hatte uns fast eingeholt. Mila duckte sich und zischte wie die Katze, an die ich mich vom Tag der offenen Tür im Tierheim erinnerte. Die hatte damals jemand abgeholt und wollte sie für die Heimfahrt in einen kleinen Transportkäfig stecken. Der Katze hatte das überhaupt nicht gefallen.

Der Mann mit den Jeans war nur mehr ein paar Schritte weg. Gleich würden er und die Frau uns schnappen, so wie die Tierheimmitarbeiter die Katze geschnappt hatten. Wir konnten ja nirgendwohin oder wenigstens sah es so aus.

Aber ich kenne das Einkaufszentrum wie meine Westentasche.

»Vertrau mir!«, befahl ich Mila und rannte in das Geschäft gegenüber. Milas Finger krallten sich in meinen Arm. Wir stürmten durch die Regalreihen. Bilderrahmen, Glückwunschkarten, Stifte und Papier. Bis zur Schiebetür am anderen Ende und raus. Von dort zog ich Mila scharf nach links auf den Glaskuppelplatz.

Mama bei der Vitrine riss die Augen weit auf, als wir kamen. »Hilf uns!«, rief ich, zerrte Mila ins Café und hinter die Budel. Papa wandte sich von der Kaffeemaschine ab, was tat er hier?

»Ihr habt es aber eilig …«, fing er an, da hörten wir hinter uns schon die Stimme der Frau: »Mila! Bleib doch bitte stehen!« Ich rannte mit Mila in die Gefrierkammer und knallte die Tür zu.

In der Kammer war es dunkel und das Surren der Kühlgeräte klang irgendwie gruselig, aber Mila zitterte sicher nicht deswegen und war auch nicht deswegen so blass. Ich löste ihre Krallenfinger von meinem Arm. Sofort schlich ihre dünne Hand in meine.

Was jetzt?, formten ihre Lippen.

Wir warten. Genau wie sie traute ich mich nicht einmal zu flüstern.

Jemand klopfte. Nicht an die Tür, es klang eher wie an eine der Wände. Bis ich kapierte, dass das, was ich hörte, mein Herz war. Noch nie hatte ich solches Herzklopfen gehabt, nicht einmal in der Drogerie, als ich behauptet hatte, Milas Tasche wäre meine. Außerdem fühlte sich mein Mund supertrocken an. Gleich neben mir stand der Kühlschrank voller Getränke, aber wenn ich den aufmachte und die Flaschen schepperten, würde man uns finden.

»Wo sind sie?« Die Frau klang erschöpft, als wäre sie es nicht gewohnt, so schnell zu rennen.

Ich drückte fest Milas Hand. Wenn ich mich getraut hätte zu flüstern, hätte ich ihr gesagt, dass uns meine Eltern beschützen würden. »Wo ist wer?«, würde Papa fragen. »Na, die Kinder«, würde die Frau keuchen. »Kinder, wel-

che Kinder, ich kenne keine Kinder«, würde Papa sagen. Und Mama würde rufen: »Schauen Sie mal, da drüben am anderen Ende des Glaskuppelplatzes läuft ein Mädchen. Suchen Sie das?«

Die Tür schwang auf. Plötzlich war es viel heller. Ich blinzelte und das Erste, was ich sah, war Papas Gesicht. Er wirkte ungefähr so schuldbewusst, wie wenn Mama mit ihm schimpft, weil er mich schon wieder aufs Zähneputzen hat »vergessen« lassen.

Die Frau mit der Strickhaube schob sich an ihm vorbei. »Da bist du ja, Mila.« Sie lächelte. »Findest du nicht, es ist Zeit, mit dem Weglaufen aufzuhören?«

»Nein«, antwortete ich, weil Mila gar nichts sagte und noch immer meine Hand umklammerte. Ich musste sie retten, aber wie?

»Sie dürfen hier überhaupt nicht sein«, warnte ich die Frau. »Die Gefrierkammer ist nur für Personal. Wenn Sie uns nicht in Ruhe lassen, rufen meine Eltern den Sicherheitsdienst.« Das war natürlich geblufft, aber ich dachte schon, dass mir meine Eltern helfen würden. Sie mochten Kinder ja und es ging um Mila.

Papa schüttelte den Kopf. »Tut mir Leid, du Obermotz«, sagte er leise. Auch Mama tauchte im Türrahmen auf. Ihr Blick huschte von Mila zu mir. »Moritz, denk bitte mal nach, was das Beste für Mila ist.«

Das Beste für Mila war, woanders zu sein als in dieser Gefrierkammer, dieser Falle. Ihre Hand in meiner zitterte. Ich wollte sie noch immer retten, aber wie? Außer der Drohung mit dem Sicherheitsdienst fiel mir nichts ein. Papa stand bei der Frau und Mama hinter ihm, sie versperrten uns den Weg. Ich glaube, ich hätte für Mila jeden umgerannt, ich hätte für sie die ganze Welt bekämpft, trotz allem, trotz des geklauten Nagellacks und der vielen Lügen. Die ganze Welt, bloß nicht meine Eltern. Das ging einfach nicht.

Mila schaute mich hoffnungsvoll an. »Wir sperren Mitte November zu«, murmelte ich. Das zu sagen fiel mir schwer genug, ich wollte nicht auch den Rest aussprechen. Ich kann dich nicht beschützen.

»Und wenn ich nicht gehe?«, flüsterte Mila.

Der Mann mit den Jeans streckte den Kopf herein und merkte an: »Das ist hier doch kein Leben, Mädchen«, bevor ihn Mama und Papa aus der Gefrierkammer drängten und die Tür hinter sich schlossen.

Die Frau mit der Strickhaube blieb da. Sie ging vor Mila in die Knie und redete sanft, aber bestimmt auf sie ein.

Ich hörte ein bisschen was von dem, was sie sagte. Nicht viel. Mein Herz hämmerte noch immer so laut, als wollte es explodieren.

Ich konnte Mila nicht beschützen. Nicht allein und ich war allein, meine Eltern hatten uns verraten. Sie hätten wenigstens so tun sollen, als würden sie den Sicherheitsdienst rufen.

Die Frau hielt Mila ihre Hand hin. Dabei lächelte sie. Man konnte meinen, sie wäre Mila wegen des Abhauens gar nicht böse, dass sie und Mila nur Fangen oder Verstecken gespielt hätten. Trotzdem wusste ich ehrlich nicht, wie die Sache ausgehen würde. Bis Mila meine Hand losließ und die der Frau nahm.

Wir, meine Eltern und ich und der Mann mit den Jeans, begleiteten sie aus der Eiswelt. Die Frau dankte allen für ihre Hilfe, sogar mir, obwohl ich ja gar nicht ihr geholfen hatte, sondern Mila. Und plötzlich wurde mir klar, dass Mila nie wiederkommen würde. Das Jugendamt hätte sicher was dagegen, wenn sie nach allem noch immer im Einkaufszentrum abhinge.

»Mila!«, rief ich. Bleib da!, wollte ich schreien. Dabei ging Mila ja nicht freiwillig. Sie war dem Jugendamt schon einmal abgehaut. Wegen ihrer Tasche, hatte sie gesagt, aber Mila log so viel, dass bestimmt auch das gelogen war. In Wirklichkeit war sie wegen mir zurückgekommen. Ich war ihr Freund. Motz, der Schlenkerelefant, trug meinen Namen.

Mila drehte sich um. Sie schaute mich an und ich sie. Ein bisschen wie im Film, wenn ein Mann und eine Frau einander einfach nur anglotzen und man das Gefühl hat, die Zeit bliebe stehen.

Die Menschen im Film sagen dann meistens so was wie »Ich liebe dich« oder »Ich werde auf dich warten«, aber Mila sagte den rätselhaften Satz: »Ich bin ein feiner Mann und eins sechzig groß.« Dann wandte sie sich ab und ging mit der Frau davon.

Und überall marschierten Leute von links nach rechts, von rechts nach links, Leute, die uns nicht kannten und denen es ganz egal war, dass Mila nie wiederkommen würde. Sie und die Frau waren schon fast verschwunden. Ich sah gerade noch den Riemen von Milas Tasche, der zwar nicht so auffällig wie das rote Kleid war, aber auch.

Meine Mutter wollte mir den Kopf streicheln. Ich duckte mich unter ihrer Hand weg und stürmte los.

»Moritz, bleib da!«

Ich blieb nicht da.

Im Zickzack sprang und schlängelte ich mich zwischen den Leuten hindurch, lief einen Slalom um die Mistkübel und Bänke. Als wäre Daniel dabei. Als müsste ich ihn schlagen.

In den Gang mit den Klos. Durch die Tür, auf der »Zutritt nur für Personal« stand. Ich tippte den Code in den Lift und fuhr rauf, dorthin, wo die Büros lagen, wo mich niemand erwischen durfte. Die Tür ganz am Ende, die zur Glaskuppel führte, stand offen.

Engel beschützen uns. Sie sorgen dafür, dass es uns besser geht.

Immer zwei Stufen auf einmal stürmte ich in die Kuppel. Oben klammerte ich mich atemlos am Geländer fest und schnappte nach Luft. Unter mir lagen die Geschäfte und die Eiswelt, winzig, das Wolkeneis ein himmelblauer Klecks in der Vitrine. Nichts davon interessierte mich. Mich interessierte nur der Parkplatz. Die Frau mit der Strickhaube, die gerade zu ihrem Auto ging. Das Mädchen, dessen Hand sie hielt, ein bisschen zu fest, als hätte sie Angst, Mila würde ihr abhauen.

Ich rief Milas Namen. Sie konnte mich unmöglich hören, trotzdem drehte sie sich um und hob den Kopf.

Ich winkte.

Ein Sonnenstrahl blitzte. Oder vielleicht war es Milas Lächeln. Vielleicht sah sie nur den Sonnenstrahl. Oder mich.

Vielleicht sah sie einen Engel.

Epilog

Und das war's. Mitte November sperrten wir zu. Mit einer großen Aktion, zwei Kugeln Eis zum Preis von einer. Das Erdbeer-, Vanille- und Schokoladeneis war im Nu weggefuttert. Vom Zimteis mit Honig blieb eine ganze Kühlbox übrig.

Papa zog den Stecker aus der Eisvitrine. Er, Mama, der Pizza-Freddy und ich schoben die Vitrine an der Budel vorbei in die Gefrierkammer. Dort schaute ich sie mir ein letztes Mal an. Die leeren Eisschalen, die Schilder, auf denen die Sorten standen. Gestern war Zimteis mit Honig das Eis des Tages gewesen.

Jetzt war es weg. Eine Eisvitrine ohne Eis ist ungefähr genauso nutzlos, wie wenn man jeden Tag ins Einkaufszentrum kommt und niemand auf einen wartet. Irgendwie so fühlte ich mich.

Papa gab mir einen Klaps auf die Schulter. »Raus mit uns, du Obermotz.« Er schob mich aus der Kammer und griff zum Schlüssel. Es war ja nicht für immer, redete ich mir zu. Nur bis Ende Februar. Die Eiswelt machte Urlaub. Auch wenn das Eis, das Zimteis mit Honig, nicht da war, blieb es da. Irgendwie.

Meine Eltern und ich hatten noch einmal mit dem Mann aus der Drogerie geredet. Dem mit der Brille, meine ich, nicht dem in Jeans. Er hieß übrigens Müller, echt witzig. Genau wie wir. Es würde keine Anzeige geben, auch kein Hausverbot. Für mich nicht und nicht für Mila. Meine Eltern hatten ihm alles erzählt. Sogar dass das Jugendamt Mila abgeholt hatte.

Am Schluss hatte Herr Müller zu mir gesagt: »Ich habe einen Ratschlag für dich, und ich möchte, dass du darüber nachdenkst. Ich weiß, du wolltest dem Mädchen helfen. Aber manchmal hilft man jemandem am meisten, indem man ihm nicht hilft.«

Ich dachte kurz darüber nach. Und kam zu dem Schluss, dass das ein saublöder Ratschlag war. Als wäre Mila irgendwie besser dran gewesen, wenn ich nicht meine Wurst- und Frischkäsebrote mit ihr geteilt und nicht versucht hätte, den geklauten Nagellack zurück aufs Regal zu stellen. Ich wäre besser dran gewesen, aber nicht Mila.

Der Mann mit den Jeans hätte sie erwischt. Und ja, vielleicht hätte er gleich gerufen: »Aha! Die stinkt und hat einen Nagellack geklaut, ich werde das Jugendamt informieren!« Meinte Herr Müller das? Dass ich Mila mehr geholfen hätte, wenn ich nicht so getan hätte, als gehörte die Tasche mir? Das Jugendamt hatte Mila trotzdem geschnappt, also war es doch egal.

Ich war wegen der Jugendamtsache ein bisschen sauer auf meine Eltern. Erst als das Auto mit Mila den Parkplatz verlassen hatte, war ich aus der Glaskuppel zurück zur Eiswelt getrottet. Obwohl ich nicht wollte. Ich hatte sogar überlegt, abzuhauen und mich beim Teppichhändler einsperren zu lassen, bloß hätte das auch nicht viel gebracht.

Mama und Papa hatten nicht einmal geschimpft. Sie hatten sich mit mir an einen Cafétisch gesetzt, Mama links, Papa rechts.

»Ich weiß, du magst sie, deine Mila«, hatte Mama begonnen. »Aber wir können uns nicht um sie kümmern.«

»Warum denn nicht?«

»Mama hat recht«, hatte Papa sie unterstützt. »Schau, wenn du auf der Straße eine streunende Katze findest, kannst du sie auch nicht einfach mit nach Hause nehmen und sie mit Eis und Kakao durchfüttern. Das tut ihr nicht gut. Sie braucht einen Tierarzt, ein Flohhalsband und was gegen Läuse …«

»Mila ist meine Freundin, keine Katze!«, protestierte ich. Mama warf Papa einen vorwurfsvollen Blick zu.

Zu mir sagte sie: »Mila braucht mehr, als wir ihr geben können.«

»Wir können ihr doch geben, was sie braucht.«

»Nein, das können wir nicht.« Papa seufzte. »Hör zu«, redete er weiter, »du Obermotz, hör mir gut zu. Was deine Freundin Mila braucht, ist nicht hin und wieder mal ein Eis oder ein warmer Kakao.«

Als wäre das alles gewesen. Ich dachte an die Vollkornbrote mit Frischkäse und die mit Wurst, an den Marzipanigel, das Kino und wie ich Lisa dazu gebracht hatte, Mila ein Stück Marillenkuchen anzubieten.

»Sie braucht ein geregeltes Leben. Ein Bett zum Schlafen, ein Dach über dem Kopf und frisch gewaschene Klamotten. Das können wir ihr nicht bieten.«

Warum nicht?, wollte ich fragen. Mir bietet ihr es auch. Tief drinnen kannte ich aber den Unterschied. Eltern sind nicht verpflichtet, sich um fremde Kinder so zu kümmern, als wären es ihre eigenen. Genauso wenig wie ich verpflichtet bin, für irgendwelche anderen Mütter zu Weihnachten was zu häkeln. Zum Glück!

Als wir zusperrten und Papa mich aus der Gefrierkammer schob, musste ich plötzlich daran denken, was Mila zum Abschied gesagt hatte: »Ich bin ein feiner Mann und eins sechzig groß.« Bis jetzt hatte ich geglaubt, das wäre typischer Mila-Blödsinn gewesen, so wie der Gurkensalat und die Gelsenkrankheit. Oder dass sie ein letztes Mal mit mir Verrücktsein spielen wollte. Aber dann gingen wir aus der Eiswelt, ich schaute hinauf zur Glaskuppel, und nach dem Lift, der nur für Personal in den obersten Stock fuhr, und dem Gang mit den Büros und der Tür und der Stiege dahinter und da kapierte ich, dass es ein Code war.

Ein Code wofür? Dafür, wo Mila jetzt wohnte? Eins sechzig musste die Hausnummer sein, aber was hieß das mit dem feinen Mann?

Ich dachte die ganze Heimfahrt darüber nach. Zuhause fragte ich Mama: »Gibt es bei uns in der Stadt so etwas Ähnliches wie eine Herrenstraße?«

»Herrenallee?«, mischte sich Papa ein. »Ja, die gibt es. Dort lasse ich meine Schuhe reparieren.«

Mir wurde vor Aufregung ganz kribbelig. »Ist sie lang genug für hundertsechzig Häuser?«

Papa öffnete die Navigationsapp auf seinem Telefon.

»Der Schuster hat die Nummer 170.« Er hob den Kopf. »Und weißt du was? Ein paar Häuser davor ist ein Kinderheim.«

In der Herrenallee 160. »Wenn ich weiß, wo Mila wohnt, können wir dann hinfahren?«

Meine Hoffnung löste sich in Luft auf, als Mama und Papa einander anschauten. Ich wusste, wie ein Nein auf ihren Gesichtern aussah.

»Später vielleicht«, sagte Mama endlich. »Aber ich denke nicht, dass das jetzt schon vernünftig wäre. Ihr braucht erst einmal Abstand voneinander.«

»Damit keiner von euch auf dumme Ideen kommt«, ergänzte Papa. Mama dachte, glaube ich, dasselbe, sie wollte es bloß nicht laut sagen.

»Später«, wiederholte ich. »Versprochen?«

Ich war erleichtert, als Mama nickte. »Später« hieß nicht »nie«. »Später« hieß zum Beispiel »im Februar, wenn die Eiswelt aus dem Winterschlaf erwacht«. Und wir zurück ins Einkaufszentrum kommen wie Zugvögel aus dem fernen Süden. Vielleicht würde mich Mila dann besuchen oder ich sie.

Daran dachte ich in den Tagen nach dem Zusperren ziemlich oft. Und auch an andere Sachen, vor allem an Engel. »Engel beschützen uns«, hatte die Religionslehrerin gesagt, »sie sorgen dafür, dass es uns besser geht.« Wenn es Mila dort, wo sie jetzt war, besser ging als vorher, dann waren meine Eltern für sie ja doch irgendwie Engel gewesen.

Und der Mann mit den Jeans. Und die Frau vom Jugendamt. Eine Strickhaubensorte Engel, aber womöglich war das gerade die Sorte, die Mila brauchte.

Als ich Papa davon erzählte, fragte er mich: »Und glaubst du nicht, dass du selbst auch so etwas wie ein Engel für sie warst?«

Ich musste an den Moment in der Glaskuppel denken, als ich überlegt hatte, ob Mila mich sah oder vielleicht einen Engel. Dass für sie beides das Gleiche gewesen sein könnte, darauf wäre ich keine Sekunde lang gekommen. »Ein Engel, ich?«

»Du hast sie beschützt und dafür gesorgt, dass es ihr besser geht.«

»Dass man sie beim Klauen erwischt«, sagte ich, aber Papa redete weiter: »Und jetzt hat sie dank dir ein Dach über dem Kopf. Sie hat Menschen, die sich um sie kümmern. Ohne dich säße sie noch immer in irgendeinem Gang vor dem Klo.«

Das stimmte natürlich nicht. Es war nach acht, um die Zeit hätte sich Mila längst beim Teppichhändler einsperren lassen. Trotzdem gefiel mir der Gedanke, dass ich ihr Engel gewesen sein könnte. Und ich kapierte, dass sie für mich auch eine Art Engel gewesen war. Einer, der mir klargemacht hatte, was für ein Glück ich mit meinen Eltern, mit unserer Wohnung und der Eiswelt und überhaupt hatte. Eine Seltsamsorte Engel, die nach altem Schweiß roch und Nagellack klaute.

»Was hat der Mann aus der Drogerie gemeint?«, platzte ich heraus. »Man hilft Leuten am meisten, indem man ihnen nicht hilft?« Er hatte Mila gehen lassen, obwohl er sich doch denken konnte, dass die Tasche ihre war, nicht meine. Er hatte also einfach weggeschaut. Hatte lieber meine Eltern angerufen, die er kannte, als Mila zu fragen, ob sie überhaupt Eltern hatte. Hätte ich auch wegschauen sollen? Der Gedanke fühlte sich so falsch an wie Brokkoli-Spargel-Gurkeneis.

Papa überlegte. »Ich glaube, er hat gemeint, dass du eben noch ein Kind bist. Und es gleich einem Erwachsenen sagen hättest sollen, als du gemerkt hast, dass was mit Mila nicht stimmt.«

Als wäre Mila verrückt oder so.

»Ich finde, das ist ein saublöder Ratschlag«, rutschte es mir heraus.

Zu meiner Überraschung wurde Papa nicht sauer, weder wegen des »saublöd« noch weil ich etwas saublöd fand, das ein Erwachsener zu mir gesagt hatte. Er lächelte sogar. »Finde ich auch«, gab er zu und zerstrubbelte mir die Haare. »Du hast das Richtige getan, du Obermotz. Du hast alles getan, was du konntest.«

Das stimmte nicht ganz, begriff ich am nächsten Morgen. Ich konnte noch etwas für Mila tun. Etwas, das sonst niemand konnte.

»Eine Kühlbox vom Zimteis mit Honig ist übrig, oder?«, fragte ich Mama. Ich bekam plötzlich Angst, sie hätte den ganzen Rest schon gegessen. Sie nickte aber.

»Darf ich sie haben?«

»Die Kühlbox?«

»Nur das Eis. Nicht für mich. Sondern …« Mehr brauchte ich nicht zu sagen. Mama wusste natürlich, für wen es war.

Sie gab mir eine Styroporverpackung. Die würde das Eis eine Stunde kühl halten. Lange genug, bis es der Expressbote in die Herrenallee 160 liefern konnte. Ein vorzeitiges Weihnachtsgeschenk, ich wollte es in Weihnachtspapier wickeln, aber wir hatten nicht genug, darum nahm ich stattdessen alte Werbeprospekte vom Einkaufszentrum. Die passten genauso.

Ich stellte mir vor, wie der Expressbote in die Herrenallee 160 kam. In dem Haus wohnten auch andere Kinder, hatte Mila gesagt, und sicher irgendein Erzieher oder sonst eine erwachsene Person, die das Paket annehmen würde. Die Kinder würden sich darum drängen. Alle würden wissen wollen, für wen es war.

Die erwachsene Person würde sagen: »Da steht's doch«, und auf die großen schwarzen Filzstiftbuchstaben vorne zeigen: »Für Mila.«

»Und von wem?«

Die erwachsene Person würde das Paket umdrehen und laut vorlesen: »Von Motz.« Vielleicht würde eins der Kinder blöd lachen und fragen: »Motz, was ist das denn für ein Name?« Aber das wäre auch egal. Weil nämlich Mila zwischen den Kindern stehen würde, und ihr ganzes Gesicht würde aufleuchten wie eine Sonne. Sie würde wissen,

was in dem Paket war, und es schon auf der Zunge schmecken können: Zimteis mit Honig.